河出文庫

選んだ孤独はよい孤独

山内マリコ

河出書房新社

選んだ孤独はよい孤独　目次

選んだ孤独はよい孤独

男子は街から出ない

本当はボウリング代もきつかった。貸しシューズ三百円の金すら惜しい。最近は古いゲームソフトや服を売ってしのいでたけど、なんだかんだで出費がかさむから全然追いつかない。

ヨシオはいま、何度目かの失業中。実家で暮らし、母親に小遣いをせびりながら生きていた。母親がスーパーのレジ打ちで稼いだ世界一悲しい金で、ワンゲーム六百八十円を払う。仲間たちはヨシオの懐具合を知っているはずなのに、やれボウリングだカラオケだ居酒屋だと、金のかかる場所に平気で誘ってくる。子供のころはよかったなとヨシオは思う。遊ぶといえばお互いの家に行き来して、ゲームをするかマンガを読むかくらいだった。ヨシオは誘いを断ったことがなかった。ヨシオだけじゃなく、仲間たちはみんなそう。勝山《かつやま》なんてバイク事故のあと退院したばかりで、片手片足がギプスの状態でも、カラオケに来てブラフマンの曲を歌ってたっけ。それもめちゃくちゃ激しいやつばかり。

「ちょっと出かけてくる」

ヨシオが玄関の縁に座り、ぼろぼろのニューバランスに足を突っ込んでいると、

「ゆーちんたちと？」

母親は一応確認する感じで訊いてきた。

なんでだか母親という生き物は、子供たちの友情は永遠だと信じているふしがある。小学校の同級生のゆーちんと二十九歳になったいまも普通に遊んでいることにまったく疑問を持たない。それどころか、ちょっと微笑ましそうな顔をしてくる。ヨシオはその表情を見るのがなんとなく嫌で、黙ったままニューバランスの紐をきつく結んでやり過ごした。

ヨシオは母親が差し出した三千円をくしゃりと受け取り、尻ポケットに突っ込む。母親がくれる金はなぜだかいつもうっすら湿っている。

玄関を出て少し待つと、ゆーちんの運転する黒いミニバンが低音を轟《とどろ》かせながら滑り込んできた。車内はすでにメンバーが揃って、それぞれ定位置に座っている。運転席のゆーちん、助手席に勝山、後ろにはリョータとアコ、三列目のシートにヨシオが乗り込む。

「ウィーッス」

「ウィーッス」

「ウィーッス」

男たちと拳を突き合わせて、最後にアコとも軽く合わせる。

「うぃっす」

アコはいつものように無邪気な顔で、楽しくてたまらない様子。昔は冬でもホットパンツを穿《は》いていたが、このところ年相応に、アコのファッションはぐっと落ち着いてきた。そしていつ会ってもいま流行っている女の服を着ている。アコの外見だけがどんどん進化していくな、とヨシオは思う。自分たちはなにも変わらないのに。

「ヨシオ、仕事見つかったか？」

ゆーちんがハンドルを切りながら言う。

「えっ、えっ、なんて？」

三列目に座っているヨシオはスピーカーから流れる音楽がうるさくてゆーちんの声が聞こえない。焦って聞き返すと、ダサい感じになった。

「仕事見つかったかって」

ゆーちんは声のボリュームを上げて言い直してくれた。

「いや、探してない」

「ハァー⁉　お前探せよ！　働け！」

助手席の勝山がキツい口調で突っ込む。

一方、ゆーちんは物腰が柔らかい。

「ヨシオ〜、あんまかーちゃん泣かすなよ」

ゆーちゃんの言葉にリョータが「ハハッ」と笑った。リョータは昔から、ゆーちゃんがなにか言うたびに爆笑する。同じことをヨシオが言ったところでピクリとも反応しないが。内容じゃない、誰が言うかが問題なのだ。

「泣かしてねーし」

ヨシオはヘラヘラ笑いながらこたえた。

「ヨーシーオぉ〜」

ゆーちゃんはしょうがねえなぁといった調子で、意味もなく名前を呼んだ。

オレがヨシオって名前だからいじられキャラなのか、それとも名前は関係なくて、やっぱり性格なんだろうか。十代のころはずいぶん悩んだものだ。

顔からしてアホ丸出し、みたいな奴が、いじられたり、いじめられたりするのはわかる。だけど自分の場合、顔はそんなに悪くない。どちらかというと整ってる方だと思う。背だって高い。そう、身長にはずいぶん助けられてる。服にも気を遣ってるし、黙ってればそれなりにイケてる感じだ。だけど話すと、中身は見た目ほどタフじゃないのが見破られて、すぐにナメられた。自分より下だと相手が判断したときの心の動きは、不思議と手に取るようにわかるものだ。

とにかく。見た目は取り繕っていても、中身はまったくカッコよくないのが、どういうわけかすぐバレてしまう。この場合のカッコいいは、当たりがキツかったり挙動ががさつだったり、相手の受け止め方をまるで考えず傍若無人《ぼうじゃくぶじん》に振る舞って、他人を振り回したり傷つけたりする男ってこと。会ってすぐに軽口を叩いて、相手を牽制《けんせい》することができるタイプ。ケンカもいとわない男らしさ。

そういう男は俺がボスだと言わんばかりに、いかにも逆らえない空気を出してくる。ヨシオはまるきり反対だ。根が人見知りだし、相手の反応を気にしながら喋る。人当たりはソフトで、穏やかな人間関係を好む。でもそうすると、波が岩場をじわじわ浸食するように、気がついたときにはとことん軽んじられているのだった。そして押しつけられたキャラクターとポジションから身動きがとれない。

ヨシオの自己分析が完結したのは十五歳のときだった。コツはわかるんだ。ゆーちんみたいに振る舞えば、みんなに一目置かれるリーダー格の存在になれる。ああいうのは態度の問題だ。何度かトライはしてみた。試行錯誤の十代。そのうちあがくこともやめてしまった。

「ヨシオって、前は配送だっけ?」

アコがいい匂いをさせながらこちらを振り向いた。

「おう」

アコの頬はパンケーキみたいにキメが細かく、オレンジ色の唇は不自然なくらいつやつや光っている。地元でいつものメンバーと遊ぶだけなのに、この作り込みよう。

「じゃあまた肉体労働系で探すの？」

「肉体労働て！」リョータが茶化す。

「ガテン系つってくれよな」とゆーちんも情けなさそうに笑う。

「おれらみたいなバカには肉体労働しかできませーん」

　勝山が助手席から叫んだ。

　たしかに全員、スーツじゃなく作業着で働いている。ゆーちんは親の焼き鳥屋で。勝山は親族が経営しているガラス屋でガラスをはめる職人を。リョータは自動販売機にジュースを補充する仕事だ。

「つーかヨシオさぁ、飲食来いよ。前から言ってんじゃん、このメンバーで店やろうって。うちの親父の店から暖簾《のれん》分けしてもらってさぁ。キツいけど当たればかなり稼げるし。お前らに飲食の経験ないからなかなか始動させらんねえけど、おれはいますぐにでも店出したいと思ってっから」

　この話になるとみんな黙りこくった。

　仲間で店をやるなんて、理想的な展開だ。友情と人生の完璧な調和。だが、金がからむとなると怖い。危険な賭けだ。実家が店屋をやっているゆーちんはさておき、サラリーマン家庭に育ったメンバーには、店をやるなんてうまく想像がつかない。だけど三十歳を目前に、このままでいいのかという不安はくすぶっていて、こうして時たまゆーちんがこぼす〝みんなで店をやる〟という夢が、あたかも最後の砦《とりで》として、全員をつなぎ止めているところはあった。

でもその話になると押し黙ってしまう。アコだけが、

「あたしはいつでも店はじめてもらっていいんだけど〜」

軽い調子で引っかき回した。

そりゃそうだろう。だってアコは女だから。

場を和《なご》ませようとしているつもりかもしれないが、アコがそんなことを言っておどけるたびに、気楽だなぁこいつはと、ヨシオはイラッとした。店をやるにしても、どうせアコはビール運んだりレジ打ったりするだけだろう。キツい厨房《ちゅうぼう》は男の仕事だ。焼きものはゆーちんがやるにしても、勝山と自分あたりがサブでついて、リョータはキャラ的にフロアか？　経営なんてさっぱりわからないが、勝山はいかにも持ち逃げしそうで怖い。ゆーちんだって一時期はパチスロで借金作ってたし、金の管理ができる人間じゃないだろう。

店かぁ、店なぁ。やってみれば楽しいかもしれない。でも店をはじめてしまったら、こうして遊ぶだけの関係には戻れない。

中学のころから通っているボウリング場は潰れそうで潰れない。愛好家はかなりの頻度で通いつめるし、土日はいつも家族連れで混んでるから、これで案外儲かっているのかも。べこべこのロッカー、吹き抜けのシャンデリア、喫茶コーナーの窓に貼られたステンドグラス風のシール、白い手すりの繊細な意匠。昭和中期で時間が止まっているが、しょっちゅう来るから実家みたいなもんで、内装の古めかしさはまったく気にならない。

ボウリング場に一歩入ると、ピンを倒す音や人々の歓声が響いて、休日らしい熱気が充満している。勝山が受付してる間に、ヨシオはベンチに座ってシューズに履き替える。マジックテープを留めていると、首筋に冷たいものが触れてヨシオは体をビクッとさせた。

「ぶはは」

可笑《おか》しそうにのけぞりながら、ゆーちんがペプシを差し出す。ゆーちんは昔から、コカ・コーラじゃなくてペプシコーラ派。そしてゆーちんのコミュニケーションはいちいち手荒い。

「やる」

「おう、サンキュ」

受付を済ませた勝山が「一番ね」と言いながらレーンを指してこっちに歩いて来る。

ボールを選び、全員が一番レーンに入る。日曜午後のボウリング場は特に混んでいて、隣のレーンでは家族連れがほのぼのと球を投げていた。若い夫婦はヨシオたちとそう変わらない年格好。彼らとベンチを半分ずつ分ける格好になる。ゆーちんたちがわいわい騒ぎながら一番レーンのベンチに入ってくると、一家は思いっきり水を差され、明らかに迷惑そうな空気を出した。

気の毒だな、とヨシオは思う。せっかく家族だけで楽しんでいたのに、オレたちみたいなのが隣に来たら、そりゃあテンションもガタ落ちだろう。オレたちは強い。いるだけで場を支配するような空気を、わざと撒きちらす。全員がそれを自覚しているけど、気づいてないふりをして、自分たちのテリトリーでは王様のように振る舞った。自分たちよりさらに強いチームが現れない限りは。

このボウリング場は旧式でモニターが古く、一つのレーンで四人までしかプレイできない。隣のレーンを押さえられれば、二手に分かれてアメリカン方式でゲームするが、混んでいてレーンが取れなかったら、自動的にアコがプレイヤーから外される。アコはそれも承知の上で、ゲームに参加すらできないのに構わない様子だった。で、相変わらず楽しそう。アコってほんと、いつも楽しそう。

そのアコが、一際《ひときわ》目を輝かせてゆーちんになにか耳打ちしている。ゆーちんは、隣の家族連れに目をやって、「知らねー」と首を傾げた。アコは次に、勝山になにかを言う。勝山は最初こそピンときていなかったが、「ああ！」と膝を打って反応した。

「名前〜名前〜。あーダメだ。出てこないわ」

アコは次に、ヨシオを手招きした。リョータがトイレでいなかったから。アコはヨシオの耳元を手で覆《おお》って、わかりやすく内緒話のポーズをとる。いい匂いをさせながら、そそるようなささやき声で。

「隣のレーン使ってるの、うちの中学にいた野崎智子じゃない？」

「……野崎？」

「憶えてない？」

「…………」そう言われて、チラリと目をやる。

野崎智子は、隣に割り込んできたのがかつての同級生であるとすでに勘付いているらしく、表情をかすかにこわばらせていた。そりゃあ気づくだろう。オレたちはなんにも変わってないから。

「ヤバいなんかおばちゃんになっててウケる！　ていうか子持ちだし！」とアコ。

ヨシオは少し考え、首を傾げて言った。

「誰？　知らない」

「ふーん」

アコはがっかりした表情で吐き捨てた。「ふーん。わかってたけど、あんたって本当につまんない男」、そう言われている気にさせる「ふーん」だ。

野崎智子は居心地悪そうにしながらも、ゲームをつづけていた。投球をミスって「いやぁー！」と陽気に声を上げる。冴えない服を着て、化粧っけもなく、生活感が滲《にじ》み出ている。でもまあ、幸せそうだ。旦那はひょろっとして四角い眼鏡をかけている。滑り台を使ってボールを転がしている子供も、この夫婦の子らしくショボい顔。だけど幸せそう。だからこそ、幸せそう。

ヨシオが野崎智子のことを知らないと言ったのは嘘で、本当はなにからなにまでちゃんと憶えていた。中三のときは同じクラスだったし、修学旅行の班も一緒だった。京都の街を一緒に回って、その間だけ、かなり仲良くなった。

思えば中三のときは、ゆーちんたちとクラスが離れていたし、まだ携帯も持ってなかったから自由だった。そのクラスは奇跡的にウザいボス猿タイプがおらず、おとなしい男が多くて平和だった。ヨシオですら、悠々と上のポジションにいられたくらい。授業中にヨシオが放った一言で、どっと笑いが起こるような。それまでは平均以下だった身長がぐんぐん伸びると、女子の態度もあきらかに変わった。担任も若くて良かった。篠原裕美子先生。たぶんいまの自分より若い。中三のクラスには、ほんと、いい思い出しかない。

「ヨシオ～」

　ベンチでぼうっとしていると、自分の番が回ってきている。

　慌ててヨシオはボールをとり、構えて、力任せに投げ込んだ。我流で長年やりこんでいるせいで、ヨシオの投球フォームは間違った癖がついてしまっている。フォームだけで下手なのが丸わかりの、いかにも運動神経の鈍そうな投げ方だ。

　ヨシオの投げたボールは勢い良く転がり、まっすぐピンへと回転していった。

「ぉぉおおお！」

　ベンチの仲間たちは大声で囃《はや》した。

　ヨシオ自身もストライクが出る気がして、期待しながらボールを見つめていると、最後の最後で左に曲がり、結局ピンを二つ倒しただけに終わった。

「ヨォ〜シオォ〜」

　ベンチからブーイングともつかない罵声《ばせい》が飛ぶ。

　二投目は右に曲がって即ガーター。またしても、

「おいよぉーヨーシーオー」

「ヨシオしっかりぃ〜」

「ヨーシーオ〜ィ」

　おちょくるように名前を連呼される。

　ヨシオは一見、スポーツできそうな感じだが、球技のセンスがまるっきりなかった。

サッカーもバスケットボールも野球もバレーボールもすべてが苦手。体のぶつかり合いが嫌いだし、そもそもルールすらわかっていない。野球のルールも知らないし、サッカーのルールも知らない。サッカーの代表戦をみんなで鑑賞するときは、自発的なコメントは控えた。知ったようなことを言ったら、すぐさま誰かに「お前ルールわかってなくね？」と見透かされ、突っ込まれ、責められ、笑われるのではと、密かに怯えていた。

「わぁースペアとったぁ！　すごいねアイちゃん！」

野崎智子の声がした。

久しぶりに聞く、野崎智子の声だ。

ヨシオはそちらを見たいのをこらえて、勝山の投球に集中した。勝山はストライクをとった。当然だろ？　といった感じでベンチにいる仲間たちに、両手の人差し指を水平に突き刺す、陽気なアメリカ人めいたゼスチュアをした。

「フゥー」

と煽《あお》る、ゆーちんの声はひときわよく通る。商売柄というのもあるかもしれないが、生来の声質からしてよかった。聞かせる声だ。

ヨシオは隣のスコアボードにちらりと目をやる。野崎智子の旦那はボウリングが上手かった。地味な外見に反して、目を疑うほどのハイスコアを平然と叩き出している。

きっと旦那の趣味につき合うかたちでここに来ているのだろう。モニターの投球者欄は、律儀にもフルネームで書かれている。「コバヤシシンジ」「コバヤシトモコ」「コバヤシアイ」。もう野崎じゃないなんて残念だな、とヨシオは思った。野崎っていう名前が良かったのに。野崎智子には、野崎が合っていた。自分には結局ヨシオって名前がピッタリなのと同じ意味合いで。

中学の修学旅行は楽しかった。班のメンバーのバランスがいい感じで、女子ともよく喋ったし、どうせ臨時の仲間だからと気楽に打ち解けられた。野崎智子は目立つタイプの女子ではなかったものの、実は話が面白く、班の中で一気に主役に躍り出た感があった。ゆーちんみたいなカリスマ系ボスタイプが不在の場合、次から次へと話題を振ってくれる座持ちのいい人物が、そのグループのメインMCとなる。

ひたすら徒歩で寺という寺をめぐる過密スケジュール。人混みに辟易し、道々くだを巻いていた野崎智子は、ついにこう言い切った。

「あたし京都嫌いだわ」

班の男子はすかさず、

「なにぃ〜都やぞ、お前、もっとありがたがれよ」と突っ込み、

「えーあたし住みたい！」

すっかり京都に魅了された女子は夢見がちな発言で否定した。

しかしヨシオは、さっきからもやもやと胸に渦巻《うずま》き持て余した気持ちを、たったひとことで言い当ててもらえた爽快感でもって完全同意した。

「オレも京都嫌い」

どこも人でごった返し、息つく暇もないせわしない街。店の人の芝居がかった京都弁は癇《かん》に障ったし、修学旅行生のことを露骨に邪魔っけに見てくるのも嫌だった。ヨシオはそういう、人が人を見下す態度に敏感なのだ。寺や神社なんか端《はな》から興味はなく、古びて汚いと思うだけで、なんの感慨も持てない。どこをとっても好きになれるはずがないと思った。

野崎智子は意見が合うと、うれしそうに声を弾ませた。

「だよね～！　京都ムカつく～」

それからあとはずっと二人で、京都の悪口を言い合って観光した。人が多くてうんざりするとか、寺にはもう飽きたとか。もっと広い景色が見たいと野崎智子は言った。ヨシオもうんうんうなずいた。自分のほかに誰もいない場所に行きたい。人間が一人もいないような、そもそも観光地ですらない場所に。

「ヨォシィオー！　だから二つ目のスパット狙えって」

またガーターを出したヨシオに、ゆーちんからの檄《げき》が飛んだ。

モニターを見る。酷いスコア。「コバヤシトモコ」のスコアを盗み見ると、一二〇くらいあって、完璧に負けていた。

ミスをした旦那に、「ダッサ!」と大笑いして声をかける野崎智子。真に親しい者同士にしかできない、気の置けないやりとり。誰も傷つけない遠慮のなさ。

ヨシオは不意に、自分の運命の相手は、野崎智子だったような気がした。野崎智子とつき合って、結婚して、一日中あれが嫌だこれが嫌だとくだを巻きながら、生きていけたらどんなにいいかと思った。世界一ノリの悪い夫婦になって、ろくに友達づきあいもせず、毎日一緒に、今日あった嫌な出来事について話すのだ。同僚のこういうところが嫌だとヨシオが言うと、野崎智子は「うわ〜最悪」、わがことのように嫌悪の表情を浮かべてうなずいてくれる。そういう生活、すごくいいなとヨシオは思う。

心ここにあらずで投げた二投目もガーター。ゆーちんたちから「しっかりしろよ」と怒声が飛んだ。

「ヨォシィオォ〜」

その言い方には、「このバカ野郎」とか、「この間抜け」とか、そういうニュアンスが込められている気がする。そういうふうに聞こえる。

隣のレーンがゲームを終えた。ヨシオはちょっとジュース買ってくると言って抜け、ボールを返しに行った野崎智子のあとを追いかけた。

「野崎さん」と声をかけようか、それとも、「小林さん」の方が適切なのか。言いあぐねていると、野崎智子の方からヨシオに近づいてきた。

ヨシオは固まってしまう。

野崎智子は眉間にしわを寄せて、あいさつ抜きにズバリ言った。

「あんたの友達、やな感じだね」

ヨシオは内心、「そうそう、そうなんだよ！」と激しくうなずいていた。そうなんだ、すごく嫌な奴らなんだ。だけどその絆をぶったぎったら、オレはここで、一人になってしまうんだ。

「じゃあね」

野崎智子は目も合わさずに言って、よいしょっと重たそうに子供を抱っこした。コバヤシアイの年齢でも訊けば少しは会話が延びたかも。だけどそんな気の利いた質問、ヨシオは思いつきもしない。野崎智子は、中学時代の人間関係なんて心底どうでもいいと思っているようで、ヨシオからの言葉も待たず、すたすたと行ってしまった。

野崎智子と結婚したい。ヨシオは改めて思った。そして結婚によって、ゆーちんたちと不可抗力的に距離ができる展開を渇望する。ぜんぶ奥さんのせいにして誘いを断り、家のソファでごろごろとテレビを見て笑ったり、職場の人間の悪口を言ったりするのだ。いっそのこと、この街から引っ越すのもアリかもしれない。自分の意志でここから去ることはできないけど、結婚すればいろんな要因が絡んで、引っ越さなくちゃいけないこともあるだろう。そして結婚すれば、なにかまともな仕事を探そうという気にもなるだろう。

「ヨシオ?」

振り返るとアコがいて、

「え、いま野崎智子と話してなかった?」

人の弱みを握ったような、感じの悪いたくらみ笑いを浮かべている。その表情から溢《あふ》れでる、凄まじい同調圧力。

ヨシオはそれを無視した。

ベンチに戻って球を丹念に磨き、順番が回ってくると、ヨシオは本日はじめて真剣な顔でボールを構えた。右足を踏み出し、二歩三歩と腰をかがめながら、大きく体をスイングさせる。しっかり脇をしめて、右から二つ目のスパットを凝視しつつ、ボールを放つ。ボールはゴロゴロと音を立てて転がる。手応えを感じたヨシオは、ストライクを予感し誇らしげにベンチを振り返った。みんなの視線はヨシオではなく、ボールの行方を追っている。なぜ見る必要がある？　最後まで見なくてもわかるだろ。確実にストライクを出す軌道《きどう》だ。

「ダァーハハッハ、ヨォ～シオ～」

みんなが今日イチ沸き返る。

「え？」

振り返って見ると、ピンが一本だけ残っていた。

「ヨシオ～なにカッコつけてんだよ！　ダッセー！」

ゆーちんが大きく笑った。アコも手を叩いて大笑いしていた。勝山も、リョータも。ヨシオは全然笑えなかった。笑わなかった。

すぐに二投目を投げたが、ボールはてんで見当違いのところを通り過ぎた。かすりもしなかった。

さよなら国立競技場

記憶にある限り、ぼくはいつもこのポジション。班を作ればリーダーで、新学期には学級委員長になり、中学では生徒会長もやった。別に自分からなりたいと言ったことなんて一度だってないけど、そういう役を選ぶときは誰かが当然のようにぼくの名前を挙げて、「ああ、早川ならいいんじゃね?」みたいな空気になって、多数決をやればごそっと票を集めた。ぼくは勉強も運動もそこそこできるし、見た目も悪くないし性格も普通だから、まともな奴として信頼を集めるらしい。担任にも言われたことがある。早川みたいにバランスがいい奴はなかなかいないって。そう、勉強も運動もそこそこできるっていうのは謙遜《けんそん》で、これは人に嫌われないためのテクニックだ。本当はどっちにもかなり自信があった。スポーツ推薦でサッカーの強豪校に行くか、サッカーは遊びとわりきって進学校に行くかでずいぶん悩んだし。結局、ぼくはサッカーを選んだ。

うちの高校には県内中から、地元で天才サッカー少年と騒がれてたような奴が推薦でどっさり入ってくる。選手層も厚くて序列も厳しいから、一年のときは雑用ばかりでめちゃくちゃこき使われた。練習はキツいけど、別に苦じゃない。体を動かしてるときの空《から》っぽになってる感覚がぼくは好きだ。吐きそうなくらい走らされてるときの、体を痛めつけてるような感じも嫌いじゃない。その苦しみが終わったときの解放感が最高だってことを知っているから。

ぼくが一年のときの三年には、エースストライカーの池田くんがいた。サッカーが巧くてカッコ良くて、私服もおしゃれで女子にモテるカリスマ。池田くんは練習にはちゃんと来るけど、いつもかったるそうで、監督に対しても反抗的で、陰で酒もタバコも合コンもやりまくってた。中学までは品行方正だったらしいけど。

まあ、その気持ちはわかる。子供のころからずば抜けて運動ができた人たちも、他県のエリート校と練習試合で戦って、本物の天才と一緒にピッチを走ったら、嫌でも自分のレベルを思い知るから。それで、ああ、こういう奴がJリーグに行って日本代表になるんだなーと諦めて、子供時代の無謀な夢をそそくさと折りたたみ、胸に仕舞って蓋《ふた》をするのだ。そうしてやる気を失い、やさぐれる人は多い。高校を卒業したあとの人生なんてどうせつまらない。だからいまのうちに楽しもうと、練習もそこそこにチャラくなっていく部員は少なくなかった。

池田くんの代が卒業すると、部内の空気ががらりと変わった。次の世代のチームをまとめているのは、人望の厚いキャプテンの青柳くん、エースストライカーでイケメンの牧野くん、身長が一九〇センチ近くもある鉄壁キーパー芳川くんの三人。彼らは本気で「国立を目指そう！」と言い、部員は目を輝かせながら「オーッ！」とあとにつづいた。かつて池田くんが「みんなで合コンだぁ！」と音頭を取れば、全員が「ウェーイ！」と、あとにつづいたみたいに。

そうして迎えた去年の夏はすごかった。県大会を軽々と勝ち抜いてインターハイに出場し、あっという間にベスト四まで進んだのだ。準々決勝では帝京高校に負けたけど、これまでの県勢は二十数年前にベスト十六までいったのが最高成績だったから、ベスト四でも地元の盛り上がりは大変なことになっていて、夕方のニュースで大きく取り上げられたし、監督のインタビューも新聞にでっかく載った。監督はそのインタビューでこんなことを言っていた。「いまの三年には奇跡的にいい選手が揃っている。夏が終わっても引退はさせず、冬の国立でもっと上を目指すつもりだ。いまの三年なら全国優勝も夢ではないと思っている」

実際、監督はそのことを練習中にもよく口にした。県勢初の全国優勝を真剣に狙っている、お前たちならできる、俺は信じていると。チームの士気を上げるために、監督はときどき異様にポジティブなことを言う。自己啓発本のパクリみたいな安っぽい励ましを、真顔で、大声で言った。キツい走り込みでバテそうなときにそういう言葉を聞くと、ふわっといい気持ちになるんだ。——お前たちならできる、俺は信じている。だからお前たちも自分を信じろ。自分を信じるんだ！

ここで監督が言う〝お前たち〟とは、三年のことだ。青柳くんとか牧野くんとか芳川くんのいる、三年のことだ。その世代はゴールデンエイジで、久々にJリーガーが誕生するんじゃないかと言われていた。二学期からはじまった全国高等学校サッカー選手権大会の県予選会も順当に勝ち進んで、年末には三年ぶり二十四回目の本戦出場を決めた。二年からはただ一人、DFの紺野が試合に出ていたけど、それは単にぼくたちに発破をかけるためで、スタメンは三年だけで充分戦えるくらい選手層は分厚かった。

大晦日の第一試合を一—〇で勝つと、一月二日には第二試合に三—二で勝ち、第三試合も三—二で勝って、準々決勝はなんと四—〇で勝った。そしてついにうちの高校のサッカー部は、創立以来はじめて、県勢としてもはじめて準決勝に進み、国立競技場のピッチに立った。

ぼくたち二年は国立競技場の応援スタンドに座り、地元から大型バスで駆け付けたブラスバンド部やチア部と一緒に必死の声援を送った。相手校は全国大会常連の名門スポーツ校で、応援のレベルもうちの高校とは桁違い。応援席の人数も三倍くらいいるし、学ランにハチマキを巻いた古風なスタイルの応援団までいた。ここのブラスバンド部は全国優勝もしたことがあるらしい。彼らがハーフタイムのときに演奏した曲を、ぼくはいいなと思った。題名は知らないけど、聴いたことのある曲だった。応援コールのバリエーションも豊富で、コールのいくつかは甲子園用のをアレンジした感じだったけど、歴史があるんだなぁと感心した。ぼくたちはみんな口をあんぐり開けて、相手校のクオリティにすっかり気圧《けお》された。

〇―〇のまま後半戦に入り、残り五分のところで青柳くんが出したパスを牧野くんが弾き、それがそのままゴールネットに吸い込まれたのを、ぼくは目撃した。サッカーの試合では、時たまこういうことが起こる。絶対入るだろうというシュートがバーに当たったり、逆に子供が蹴ったようなへなへなのシュートが、キーパーの目を盗んでゴール一直線に転がったりする。それはもう神の領域だ。ぼくらにはどうしようもない力が働いているとしか思えない。毎日毎日練習を重ねても、結局は理不尽なまでの偶然性で決着がついたりする。だからぼくたちがすべきなのは、ドリブルやパスやセットプレーの練習じゃなくて、神様に嫌われないようにするための努力なのかもしれない。

牧野くんの体に当たって弾いたボールがふわりと浮き上がり、キーパーの指先をかすめてネットに触れたその瞬間、後頭部をガツンと殴られたように空気が振動して、なにかと思ったら、応援スタンドのみんなが一斉に立ち上がって歓喜の声を張り上げていたのだった。頭に雷が落ちたみたいで、耳の奥がビリビリと破けるような音がした。みんな自然と抱き合ったり、肩を組み合ったりして、もみくちゃになった。感極まって泣いている女子もいた。追いつかれませんようにと誰もが一心に祈り、それは天に通じた。ぼくらは勝った。正確には、ぼくらの先輩は勝った。一つ上の先輩たちが、歴史に残るすごいことを成し遂げた。決勝進出という県勢初の快挙。もし決勝で負けても、知事に謁見《えっけん》くらいのことは確実にするだろう。親もクラスメイトも教師も、ぼくらサッカー部員を見る目はがらりと変わるだろう。

応援席は万能感に包まれていた。この試合で神様に愛され、選ばれたのは、全国優勝経験のあるエリート校じゃなくて、ぼくたちなのだ。ぼくらはまるで自分たちが九十分間ピッチを走り抜いたような気分で、自分の手柄に酔いしれ、悦に入った。そしてここにいる誰もが頭がおかしくなりそうなくらい喜び合っていたそのとき、ぼくはふと、あることに気づいてしまった。

あさっての決勝戦が終われば、勝っても負けても三年は引退して、ぼくたちに代替わりする。そしたらキャプテンに選ばれるのは、たぶんぼくだろう。

ぼくは大歓声のなか一人我に返り、四月からの学校生活を想像して、胃がキリキリするようなプレッシャーを突然感じた。

ゴールデンエイジと名高い一つ上の代が、県勢初のとてつもない快挙を成し遂げたあとで、ぼくは一体、どんな顔をして生きればいいんだ？

新学期は、祭りが終わったあとの空気ではじまった。そう、すべては終わってしまったのだ。全国大会初優勝は県内でめちゃくちゃな騒ぎになった。新聞もニュースも連日のように伝えた。サッカー部を密着取材したスペシャル番組が放送されたり、特別編集されたムック本も緊急発売された。初優勝を飾ったイレブンは伝説となった。そしてあとにはたくさんの凡人が残された。キャプテンのぼくは、さしずめ凡人代表ってところだ。なにをどうがんばっても、一つ上の世代のような奇跡を起こすことはできないと、あらかじめ負けが運命づけられている、ぼくらの世代。

ぼくは極力そのことを態度に出さないようにしていたつもりだったけど、チームのみんなも悟っているようで、練習にはまるで身が入らなかった。覇気もなく、気怠《けだる》いムード。数ヶ月前までみなぎっていた緊張感や闘志はどこかへ消え、また池田くんたちの代みたいな、サッカーに本気になるなんてかっこ悪い、みたいな感じに戻っていた。

でもそれも仕方ない。ぼくらはすごいものを見てしまったんだから。ものすごい気持ちを味わってしまったんだから。あれ以上に興奮するシチュエーションなんて、この先の人生で二度と起こらないだろう。あれ以上の感動は、絶対に味わえないだろう。仮にぼくらの世代が国立競技場に立ち、全国優勝したとしても。

そうなると人間は厭世的《えんせい》になるもので、三年は陰で酒もタバコも、もちろん合コンもやりまくった。監督は「連覇を狙うぞ」「気を抜くな」と檄《げき》を飛ばすものの、去年みたいに「お前たちならできる、俺は信じている」とは決して言わなかった。いまの三年に大した選手はいないけど、一年には超高校級と噂の新入生が何人か入ったから、どうやらその代に期待してるみたいだった。口には出さずとも、そういう気持ちは透けて見えた。

監督はいいよな。入れ替わり立ち代わり現れる新しい生徒に、夢を託したり、さじを投げたりできるから。ずっとここにいられるから。今年の三年がダメでも、仕方ないと諦めて、次の年やその次の年に、希望をつなげたりするんだろう。ぼくらにとっては一回きりの高校時代を、監督は何度でもやり直せるわけだ。

そうしてぼくは、生まれて初めて辛く苦しい、逃げ出したいような気持ちを味わったのだった。恐ろしく求心力のないスカ世代のキャプテンとして、ぼくはひたすら空回りした。練習のはじまりと終わりに部員を集めて号令をかけるのもキャプテンの仕事で、青柳くんがキャプテンだったころは、「全国優勝マジで狙うぞ！」「ぞぉー！」

という掛け声が定番だったけど、そんなこと、口が裂けても言える空気じゃない。だってなにを目指せばいいんだ？　なんのためにボールを蹴ればいいんだ？　なんのために生きてるんだ？　なにがやりたかったんだ？　なんでぼくはいつもキャプテンをやらされてるんだ？　なんでだよ。なんでなんだよ。親は無遠慮に、「今年のチームはどう？」と期待を込めて訊いてくる。ぼくはそのたび、死にたい気分で「普通」とこたえる。でも本心はこうだ。どうって、最悪だよ。あいつら完全にやる気を失くしてるからね。お遊びみたいな感じで、みんな惰性で部活に来てる。自分たちの才能のなさや、運のなさ、生まれたタイミングの悪さを呪うしかないって感じ。だって、ちょっとだけ早く生まれてさえいれば、ぼくらだって国立競技場のピッチに立って、あの瞬間を味わうことができたかもしれないんだ。ぼくなんか四月十日生まれだから、母さんが二週間でも早く産んでくれてたら、運命は変わったんだぜ？

五月の終わり。インターハイの県予選は、シードされて二回戦からの出場だったにもかかわらず、三回戦で敗れた。ぼくらが住んでいる県は田舎で高校の数も少ないから、三回戦まで行けばとりあえずベスト十六だ。ぼくらの代が残した最高成績は、インターハイ県予選ベスト十六。ぼくらの青春は、この総合運動場であっけなく終わったのだった。

ぼくたちは最弱だった。ゴールデンエイジの反動の、スカの世代だった。

そういうもんだと、ぼくは思う。光あれば影がある。伝説のイレブンが二年連続して現れるなんてことはまずない。いい世代のあとにはスカの世代が、必ず控えているものだ。そしてそれは、たまたま今回ぼくらの代で、ぼくはそこで、いつも通りキャプテンのポジションを任されていただけなのだ。気にするな、気にするんじゃないと、ぼくは自分に言い聞かせようとする。監督も「早川、お疲れさん。よく休めよ」と声をかけてくれた。でもぼくは、監督が肩に置いた手を反射的に振り払った。チームメイトは誰も泣いていなかった。ぼくだけが、肩を震わせてめそめそ泣いていた。

これで部活は引退だ。辞めたくなければ卒業まで部に居座ることは可能だけど、そんなことを言い出す奴はいないだろう。どうせ後輩に煙《けむ》たがられるだけだから。

運動場から撤収するころにはきれいな夕焼けになっていて、それがまた落ち込みを加速させる。帰り支度を終えてバスに乗り込もうとしたとき、誰かが言った。

「いま東京で、国立競技場の閉鎖イベントが開かれてるんだって」

二〇二〇年の東京オリンピックに向けて、あそこは取り壊され、新しく建て替えられるそうだ。つまりぼくらの先輩たちが、あの歴史と伝統ある国立競技場で優勝を飾った、最後の高校生というわけだ。

「へぇー」

誰かが言った強めの「へぇー」は、部員たちに伝染した。興味なさげなしらけたリアクション。それは自分たちの、哀れな役回りと悲惨な運命への、精一杯の抵抗だった。帰りのバスの中ではみんな疲れて無言だった。誰かが笑わせようとしてか、「あぁーあ、終わっちゃったな、俺らの青春」とわざとらしく言ったのが聞こえたけど、全員が見事にスルーした。

ぼくも窓に寄りかかりながら、腕を組んで体をガードし、ぎゅっとまぶたを閉じた。国立競技場が恐竜みたいなフォルムの重機によってバキバキと解体されるところを想像すると、心が安らいだ。そこが無くなってしまえばこの気持ちも、できるだけ早く忘れられそうな気がした。

世界からボールが消えたなら

ボールの夢を見る。野球ボール、バスケットボール、ドッジボール。それから、なんといってもサッカーボール。ボールに襲われ、ボールに潰される夢を見る。高速で投げつけられるボールはもはや凶器だ。僕は体を縮めてボールから身を守り、その不格好さをみんなに笑われる。落ちたボールを拾って投げる、そのフォームが女の子投げだと、また笑われる。ボールはなんのために存在しているか？　ボールは僕から、自尊心を奪うために存在している。夢の中で、ボールは銃弾だ。ボールに殺される寸前ではっと目を覚ました。

怖い夢を見たときの、その怖さの後味は、起きているときに感じる怖さより、はるかにリアルだ。ボールがいかに恐ろしく襲いかかってきたか、体に当たったとき、どれだけ痛かったか。みんなの残酷な笑い声の高らかな響きに、どれだけ傷ついたか。それらをベッドの上で生々しく反芻《はんすう》しつつ、この屈辱を忘れないでおこうと、僕は拳を握った。

球技が苦手な男子のためのスクールセラピー

――校内放送。

ご存知のように、文科省をあげて、生徒一人一人の自己肯定感を高める取り組みが推奨されています。クラスメート全員でお互いのいいところを褒め合うといった授業が一般的ですが、本校ではもっとユニークな視点で自尊心のケアをしようということになり、今年度から実施されることになりました。そこで、いまから名前を呼び上げられた生徒は、放課後、特別教室に集まってください。

――放課後。

みなさんこんにちは。ぼくは、かつてこの学校に通っていた卒業生です。

突然ですが、体育は好きですか？　どちらかというと苦手な人、手を挙げてみてください。はい、全員ですね。なかでも球技が苦手だという人は？　はい、全員です。

ぼくも以前は体育の授業で球技があると、とても悲惨な思いをしました。男子だけじゃなく、女子にも笑われて、あれは本当に辛かった。心がくじけました。立ち直って、自分らしさを獲得して、自信を得るのに、長い年月がかかりました。

ぼくの経験上、球技というのは生まれつきのセンスによって、上手いか下手か、だいたい決まっているものです。音楽やダンスのリズム感、絵の上手い下手が生まれつきなように、球技もセンスだから、仕方ないんです。だからいくら努力したところで、君たちが劇的に、球技センスのある人間になることは不可能です。もう一度言います、君たちは今後一生、運動神経のいい、イケてる男子になることはありません。

そこで、せめてメンタル面でのケアを早い段階からはじめて、球技の上手い下手や、それに起因する女子人気——モテか非モテか、みたいなことで無抵抗に傷つかないよう、しっかり心の準備をしていこうというプログラムをはじめることになりました。君たちはまだ小学五年生です。いまから適切なケアを受けることで自尊感情をしっかり高めて、どうか面倒くさい劣等感のない、素敵な男性になってください。

女の子怖い

よりによって高校三年の一学期に内山花音《かのん》なんかに手を出してしまったのが、僕の人生にケチがついたはじまりだった。高校生のうちになにか青春らしい思い出を作りたいと焦ったのがよくなかった。だけど焦っていたのは僕だけじゃなくて、同じクラスでいつもつるんでる伊藤と大西も、高校時代に彼女が一人もいなかったなんて汚点を残すのはマズいと言い出して、それもそうだなぁと思い込んでしまったわけだ。最初に言っておくと僕が自分からなにか行動を起こすときはいつもこういう感じ。輪からはみ出さないためにまわりの空気に釣られて、渋々ながら重たい腰をあげるのだ。そこに自分の意志なんてごたいそうなものはないのだ。

内山花音とつき合うことになったのも、そういう流れのなかでのごく自然な展開だった。伊藤と大西が合コンをセッティングして、僕も誘われるまま放課後カラオケボックスでマラカスを振ったりしてたけど、五月が終わるころにはもう市内にいるめぼしい女子とは全員会ったよな、という話になった。そしていろんな女の子と会ったけど、いちばん可愛いのは二組の内山花音《かのん》だ、という結論が出た。僕は正直その話し合いのときまで、内山花音のことを忘れていたんだけど、伊藤と大西の話を聞いてるうちに、内山花音のことが急に気になりだした。

うちの高校は成績順にクラス分けするという見せしめみたいなシステムを導入していて、僕たちは七組という相当頭の悪いクラスにいた。内山花音のいるクラスとは校舎も違うし、ほとんどなんの接点もないんだけど、昼休みになるとわざわざ二組まで内山花音の顔を拝みに遠征したりして、せっせと自己アピールに励んだ。内山花音と目が合うと、僕たちは「内山さーん」とふざけて手を振ったりして、それを見た内山花音は、ちょっと照れくさそうにはにかんだ笑顔で小さく手を振り返してくれたりして、僕たちは天にも昇る心地になった。なんだあの猛烈に可愛いリアクションは。

ねえねえまた見に来てるよ？

花音、あの人たち知り合い？

内山花音と同じグループのブスどもが冷たい目で僕たちを見る。いやいや、ブスは引っ込んでてくださいね。と伊藤がぼそっと言って、大西と僕は盛大に噴き出し、そこで昼休み終了を告げるチャイムが鳴って、うわやべぇと慌てて廊下をダッシュする、みたいなことを何度かした。思えばそれだけで充分青春って感じなんだから、満足しておくべきだったのだ。

女子っていうのは自分を構《かま》ってくれそうなやつがいると、バカな犬みたいにしっぽを振る生き物らしい。内山花音も、同じクラスの男は大学受験に必死で構ってくれそうにないから、僕たちからのラブコールをすぐに受け入れてくれた。そして三人のなかから僕のことを選んだのだった。

　ある日内山花音からこんなＬＩＮＥが入った。

〈加瀬くんて、彼女さんとかいるんですか？〉

〈いない〉

〈じゃあ、好きな人とか〉〈いる？〉

〈うーん、別に〉

〈……〉〈加瀬くんて〉〈あたしのことどう思ってる？〉

〈どうって？〉

〈だぁーかぁーらぁー〉

〈ハハハ〉

〈もう〉〈わかってんじゃん！〉〈はっきり言って！〉〈はっきり言ってほしいの〉

〈え、なに、どういうこと〉

〈好きとか、つき合ってくださいとか、だよ笑！〉

〈好きです〉〈つき合ってください〉適当なスタンプ

〈いいよ♡〉

〈オイ〉〈完全に言わされたｗ〉

なんだかハメられたような気がしなくもないけど、こうして僕たちは恋人同士になった。顔の可愛い女は押しが強いことを、僕はこのとき学んだ。


最初のうち、僕は有頂天だった。放課後の校舎ではじめてのキスをしたときは、テンションが上がりまくってニヤケが止まらなかった。自転車の後ろに内山花音を乗せて、伊藤と大西を颯爽《さっそう》と追い抜かすときの快感。横座りする内山花音が僕の腰に細い腕を回したり胸を押し付けたりして、うわーこのシチュエーションたまんねえーって思ったけど、内山花音を乗せて自転車を漕ぐとペダルが重くてめっちゃ疲れるし、すぐに面倒くさくなった。それにファストフードに行くと必ず僕に金払わせて当然みたいにするし、すげー遠いのに家まで送らせるし、手間がかかってしょうがない。内山花音は猛烈に自己中で、して欲しいことはなんでも口に出した。要求が高くて、思い通りにならないことがあるとすぐ不機嫌になった。放課後は毎日一緒に帰りたがったし、土日もデートしたがった。家に帰ってからＬＩＮＥを怠ると、キツい言葉が飛んできた。

〈加瀬くん、あたしの彼氏でしょ？　あたしの承認欲求を満たすのが君の役目なんだ

よ？　しっかりしてよー笑〉

は？　承認欲求ってなんだよ。それを満たすのが彼氏の役目ってなんだよ。でもまあ、僕は女の子とつき合うのははじめてだから、その正解を知らない。だからきっと、内山花音の言うことの方が正しいんだろう。ん？　でもなんで、彼女って立場のアイツは、こんなにサービス受ける側みたいな感じで偉そうなんだ？　お客様は神様だろってふんぞり返ってるクレーマーみたいなんだ？　彼氏彼女って、サービスする側されてる側みたいなもんなのか？　その人間関係って一体なによ？

まぁそれはさておき、あーしてこーしてと指示されるのはある意味楽だから、僕は言われるがままに内山花音と長時間ＬＩＮＥしつづけた。内山花音は、ほんといつ寝てんだってくらいずっとＬＩＮＥに張り付いてるし、少しでも間が空いて既読のままなにも返さないと激オコなスタンプを永遠に連打してきた。

ある日の放課後、ホテルに行こうと言い出したのも、内山花音からだった。

「そんな金ないんだけど」

「じゃあ加瀬くんの家でいいよ。親がいない時間帯とかないの？」

「ないわ。うちのかーちゃん専業主婦だもん」

「ふぅーん。旅行とか行って留守にしないわけ？」

「そんな都合よく旅行なんてしないよ」

「もう。しょうがないなぁ。じゃあ、うち来る？」

　そうして僕は放課後、内山花音の家に行った。内山花音の家は洋風の一戸建てで、表札までUchiyamaってローマ字で書いてあった。家の中には母親がいた。けど、その母親がすごく若くてきれいで、僕はびっくりした。さらにその母親が、

「今日は西田さんとディナーの約束あるから、なんか適当に食べてね」

　とか言って、夕方からふらっと出て行ったのにも驚いた。うちの母親が夕飯時に家にいないなんてことはまずないし、なにか適当に食べておいてなんて発言も絶対にない。なんかそのラフな感じがかっこよかった。うちもこんくらいゆるくやってくれていいんだけどな。

　内山花音は二階の自分の部屋に僕を連れて行くと、

「アレ、したことある？」

　と訊いた。アレって？

「あれだよ、あれ。エッチ」

「ない」僕は即答だ。「ないよ」

　すると内山花音はニヤッと笑って、

「そーなんだ。じゃああたしが教えてあげるね」

　張り切って僕の服を脱がせはじめた。

「え、ちょ、なにやってんの?」

「だって服脱がなきゃできないでしょ?」

「えー、心の準備がぁ。ていうかムードが……」

僕は脱がされたカッターシャツをぎゅっと抱いて、女の子みたいに胸元を隠した。

「アハハ、加瀬くんて可愛い」

内山花音は喜々として僕のカッターシャツを奪い取ると、今度はベルトに手をかけた。そしてムチを振るうカウボーイのようにベルトループから勢い良く抜くと、僕の骨ばった背中をパチンと叩いた。

「痛ぇっ」

「あのさぁ、あたし男の子に恥かかせないようにと思って親切でやってるのに、なにその態度。したくないの?」

したくないのかと訊かれて、僕は正直に「したくないよ。怖いからもう帰らせて」とは言えなかった。そこはまあ、ほら一応、男の沽券《こけん》的なやつで。僕は渋々ズボンを脱いでパンツ一枚になると、萎《な》え萎えな下半身を奮い立たせてベッドに横になった。

内山花音は勢いよくベッドに飛び乗って、ガバリと僕に覆《おお》いかぶさってきた。

「え、ちょっと待って! 避妊は? 避妊。避妊しましょう避妊!」

僕は狼狽《ろうばい》しながら言った。

「わかってるよ……テンション下がるからそんなにぎゃあぎゃあ言わないでよ」

内山花音はベッドから降りてかばんをごそごそやると、ポーチから出したものを僕に向かって投げつけた。未使用のコンドームだった。こいつこんなもん毎日持ち歩いてんの？　清純そうな顔してるのにとんだヤリマンじゃん。マジで引く。

「ほら、自分でつけて」

僕が間抜けな感じでごそごそやってる間に内山花音はカーテンを閉めると、制服を脱ぎはじめた。ブラジャーとパンツだけになった内山花音は、心なしかドヤ顔。たしかにおっぱいは大きいし、白くてムチムチしたやらしい体をしてる。この顔にこの体か……。なるほど内山花音がこういう性格なのは仕方ない気がした。

内山花音が僕に覆いかぶさるように抱きついてきて、一人でハァハァ言いながら騎乗位でがんがん腰を動かして、ほどなくことが終わる。僕はベッドの上で仰向けのまま呆然としていた。使用済みのコンドームの処理は、内山花音がふんふんと鼻歌をうたいながら、手際よく全部やってくれた。

その日はずっと、胸のあたりがムカムカしていた。初エッチできてうれしいとかラッキーとか、そういう気持ちにはまったくなれなかった。かと言って怒りとか悲しみとかでもない、もうちょっと複雑でややこしい気持ちが渦巻《うずま》いていた。童貞を捨てさせてくれたのは感謝だけど、同時に僕は自分が穢《けが》されてしまったようにも感じて、深く深く落ち込んだ。

〈どうだった？〉〈花音のこともっと好きになった？〉

内山花音はやらせてあげたっていう態度で、よりいっそう恩着せがましくなった。

いやいやあのシチュエーションだと、完全に僕の方がやらせてあげてましたよね？

〈明日はうち、親いるからダメっぽい。そっちの家は？〉

〈え、明日もすんの？〉

〈したくないの!?〉

〈ちょっと具合悪いから勘弁〉

〈なにそれ〉〈じゃあ浮気してもいいの？〉

〈えー……そうくる？〉

〈当たり前じゃん〉

当たり前なのか。

それから夏休みまでの間、僕の自由時間はほとんど内山花音に占領された。

〈いまどこ？〉〈なにしてるの？〉〈誰といるの？〉

その問いに、即座に答えなければ脅しのような言葉が投下される。言うことを聞かないと不機嫌を撒き散らして暴言を吐く。それはＬＩＮＥだけじゃなくて、一緒にいるときもそうだった。

放課後、駅でこんな会話になった。

「ねえ、加瀬くんの家行っていい？」

「え、ダメ。かーちゃんいるし」

「もう、なんで⁉　お母さんいてもいいよ。行かせてよ」

「無理だって」

「なにそれ、あたしのことお母さんに会わせたくないってこと？」

「そうじゃないよ」

「じゃあなに⁉　そういうことでしょ？」

僕はただ、母親が家の中にいるのに自分の部屋に女の子を連れ込んでエッチするのが――内山花音にとって家に行くは、エッチしに行くと同義語であるから――倫理的に引っかかっただけなのだ。でもそれを口でうまく説明できなくて、いつも通り僕は黙りこくってしまった。のどのあたりがつかえたようになって、本当に言葉が出ない。

「ねえ、あんたそれ、あたしに対してすっごく失礼なことしてるってわかってる⁉　あたしを彼女としてお母さんに紹介するのが恥ずかしいって、そういうこと言ってるんだよ？」

内山花音は場所をわきまえずにデカい声でわめき散らすんで、僕は慌ててなだめる。

「言ってないよ！　全然そんなことは言ってないから」

「言ってっから！　あたしがそう感じてるってことは、言ったも同然ってことだから！　あんたはそういうことを言ったの！　ほんとひどい。ほんとにひどい男！　死ね！」

えー……死ねって……。

伊藤と大西にいくら暴言を吐かれてもキツい冗談だと流せるけど、女子に死ねって言われるのは、なんか心の底からのお願い、頼むから死んでって感じがして、すごく堪える。どうすればいいかわからなくて、僕はただただうつむいて立ち尽くした。嵐が去るのを静かに待つ、貧しい村人のように。そのときだった。

パシンッ。

電光石火で平手打ちが飛んできた。渾身《こんしん》の力を込めた平手打ちだった。駅にいる同じ高校の生徒は一斉にシーンとなって僕らに注目した。こんなに恥ずかしい思いをしたのは、中学の体育祭の練習をサボってるのが見つかって、全校生徒の前で体育教師に右ストレートを食らったとき以来だ。

僕が黙っていると、さらにもう一発、

パシーン。

左の頬に二発目のビンタが入った。ビンタってコツがあって、浅めの角度で斜めに振り落とさないと相手の首をマジで傷《いた》めるって、こいつは知らないんだな〜と、叩かれながら僕は思った。思い切り振りかぶって力任せにブンッ、首がちぎれそうなほど重たくて危険なビンタだった。

「ってえ……」

目が涙でにじみそうなのを、僕は必死でこらえた。頬はヒリヒリするし視界には星がちらつくし、頭もくらくらするし首も痛い。なにより人前で女の子に殴られているということが恥ずかしすぎて辛すぎて、このまま本当に死んでしまいたかった。いや、死ぬのはまだ早いな。逃げたいだな。どこか遠くに行ってしまいたい。内山花音からのＬＩＮＥが入らないくらい、どこか遠くへ。

最後に内山花音から送られてきたＬＩＮＥは、とてつもない長文であった。いかに僕に失望したか、いかに自分は傷ついたかが、どこか支離滅裂に記されていた。文章のほとんどは僕の性格を厳しく非難するもので、内山花音いわく、僕は「甘やかされたマザコン」で「根性なしで役立たず」の「とんだクソ野郎」だそうだ。「自分というものがまったくない」「一緒にいても全然楽しくない」「中身のないスカスカで空っぽ」の、「最高につまらない男」なんだそうだ。

しょうがないよ。僕は思った。まだ十七歳なんだ。十七歳で自分というものを確立していたり、中身がギッチリ詰まった噛みごたえのある男なんて、いるわけないじゃないか。内山花音はいったい男に、なにを期待しているんだ？　女の子というのはどうして、自分の気持ちを包み隠さずすべて正直に話すことを善《よ》いことだと思っているんだ。無抵抗の人間をこてんぱんに批判して、どうしようというんだ。

　僕はこの忌々《いまいま》しき文章をこの世から消すために、ＬＩＮＥをアプリごと削除した。それからスマホをアスファルトに叩きつけて割った。それでおしまい。こうして僕は見事に内山花音からの生還を果たしたのだった。僕は自分が十七歳でよかったなぁと心底思った。もし僕がおじさんだったら、心労で絶対禿《は》げた。

　内山花音から解放された僕は、高校生活の残りの日々を、とくにこれといったドラマも起こらないまま平和に過ごした。伊藤と大西にも相変わらず彼女はいなかったから、三人でバカな遊びばっかりしてた。僕は卒業したらパソコンの専門学校に行こうと思っている。

　放課後、僕たちが三人でゆらゆら歩いていると、自転車に二人乗りしたカップルに追い越された。

「あーいいなぁ〜うらやましいよな〜」

　大西が言う。

「チクショー！」

　伊藤が叫ぶ。

「…………」僕はノーコメントだ。

僕はもう悟りきっている。いまみたいに男子だけでつるんでいるのが案外幸せで、女子なんて自己中な生き物に手を出すと、ろくなことがないってことを知っている。伊藤と大西の心の奥底にも、きっと僕と同じ思いがあるはずだ。でもそんなことを言ったら、弱虫の非モテ野郎になるから言わないだけで。

僕は自転車に二人乗りする恋人同士を見送りながら、こんなことを思っていた。

実のところこのカップルも、好きでもない者同士が、体裁を取り繕うためや、青春らしい思い出を作るために、無理してつき合っているんじゃないかって。そうであることを、僕は信じて疑わない。

ていうかそうであってくれ。頼むから。

彼女の裏アカ物語

僕の彼女はツイッター、フェイスブック、インスタグラムでの自分を巧みに使い分けているが、どのSNSの彼女も嘘だ。

献身的な投稿によって、ネット上で彼女のイメージがいい感じに固められていく。それを僕は、とてつもなく虚しい気持ちで見守っている。

SNSは彼女の行動原理すら変えてしまった。デートの店選びも、インスタになにがしかの結果を残せないことはしたくないという、強固な意志を感じる。

おそらく素敵な女子に見られたくてやっていることだろうけれど、僕からすればそれは素敵というより、貪欲《どんよく》な女だな、という印象しか残さない。うまいものを食って、きれいなものを着て、ガツガツ生きてる。

リツイートひとつとっても、意識の高さと豊かな人間性を感じさせる入念なセレクトだ。

彼女は欲深さを前のめりに謳歌し、そんな自分を肯定する。（フェミニストで固められたフォロワーを追い風にして）

彼女はその儚《はかな》い若さの輝きを、人生の充実を、ＳＮＳに刻み込む。（一昔前のヤンキーがやたら写真に写りたがったように）

彼女はどこでもなににでもスマホのカメラを向け、「こんな微妙な写真あげるの恥ずかしい」と言っては何度も撮り直す。シャッター音がでかくて、僕はそれが恥ずかしい。シャッター音が鳴らないカメラアプリを教えてあげよう。

自撮りにおける彼女の表情の精度は、もうこれ以上のものは出せない最高地点まで磨きあげられている。

　彼女はところ構わずキメ顔で自撮りする。その様子をたまたま目撃した通行人が、ぎょっとしたり、笑って見たりしている。僕は他人のふりをしたくなる。彼女の羞恥《しゅうち》心《しん》のポイントのズレは、あきらかに広がってきている。彼女の自意識はもはや異次元。

　ツールの性質上、彼女はツイッターにもっとも本音トークを晒《さら》している。と思わせながら、そのツイートは虚飾《きょしょく》にまみれているということが、僕にはわかる。読むたびに極上のぞわ〜っとした感じを味わわせてくれて、癖になる。

　彼女のことはもちろん好きだ。でも彼女の、きれい事しか言わない白々しいツイートは気色悪いと思う。リツイート狙いが見え見えの、いいこと言ってる感じのツイートとか。友達と会ったあとの褒め合いとか。私たちって最強！　みたいな。

　いやでも、あのぞわぞわした感じを味わいたくて何度も読みにいってしまうから、僕は彼女のツイッターも好きなのかもしれない。

　ついに見つけた。

僕の検索能力をもってすれば、彼女のツイッターの裏アカウントを見つけることなどたやすいのだ。

〈デートの店すらまともに選べない彼氏に幻滅を隠せないわ〉

〈あたしが楽しそうにしてると、なんか冷めた目で見てるんだよね。あたしのこと嫌いなのかな〉

〈あたしのこと好きなら、普通もっと写真に撮るよね？　あたしが自撮りしてるとき、どうして「撮ってあげるよ」とか言えないんだろう。気が利かないにもほどがある〉

〈そもそも男って、気が利かないのがデフォルトだよね。気が利かなくても、別に減点はされない。だけど女は、気が利かないとダメ女認定受けるの〉847RT!!!

〈つき合ってからいままで、お茶しにカフェとか入っても、彼氏はずっとスマホ見てる。スマホ見てる彼氏もう見飽きた〉

〈彼氏、ネットのやり過ぎで性格がひん曲がってるの、気づいてないのかな〉

〈げ！　彼氏の裏アカ見つけた〉

〈キモ……。あたしのこと鋭い視点で批評してやがる。うぜー〉

〈あたしのことメタ視点がないバカ女みたいにさんざん書いてるけど、自分こそなんも見えてない。ネットやめて現実見ろ〉

〈本人は鋭いつもりでも、ただ単に底意地が悪くて、女を愛せないミソジニー野郎なの見え見えだわ。はー別れよ〉

〈え……？　あたしの裏アカ見つけたとか言ってる。マジ？　これ読まれてる？〉

〈別れたいってこっちからＬＩＮＥしといた〉

〈別れた〉

〈双方合意の上の別離。いまとなってはなんでつき合ってたんだか〉

〈別れた記念に女子会ぶち上げてきた〉

〈男じゃ全然コミュニケーション欲求満たされないから、女子会で補充してる感じ〉

〈女子会が盛り上がりすぎてカラオケに流れて三時間くらい歌った夜にだけ、自分が自分の人生っていうドラマの主役になれた気がする。そういう気持ちにさせてくれるのは、いつも女の子だ〉

〈いつも女の子だ〉

「ぼく」と歌うきみに捧ぐ

「ぼく」と歌うきみ
きみは自分のことを「ぼく」と歌う
男の子の気持ちになって歌詞を紡《つむ》いだりする
まるで女の子より、男の子の方がいいみたいに
男の子の気持ちを自分の気持ちみたいに歌う
思うんだけどきみってちょっと

男性性を内面化しすぎてる
もし自分に
しっくりくる呼び方が見つからないなら
「わたし」でも「あたし」でもなく
「ぼく」すらやめて
自分なんて消してしまえ
自分なんて消してしまえ

あるカップルの別れの理由

　彼だって、それなりの覚悟をもって一緒に住みはじめた。ゆくゆくは結婚するつもりで親にも友達にも紹介していたし、もちろん彼女本人にもそう伝えていた。彼は嘘なんかつかない。彼はとても正直な男である。同棲はあくまでステップ、結婚の予行演習だと思っていた。

「あたしが出て行くから」

　二人で暮らして一年も経たないうちに別れることになり、彼女はそう言った。

「本当だったらこの部屋に住む権利、あたしにあると思うんだけど……」

と、憎々しげな態度で。

　たしかに、不動産屋をまわってこの部屋を探したのも、引っ越しの手配をしたのも、荷解きをして部屋を整え、その後の生活を回していたのも彼女だ。毎月の家賃はもちろんのこと、敷金礼金だって彼女はきっちり半分払っていた。それに、洗濯機や冷蔵庫といった家財道具もすべて、彼女が一人暮らしの部屋で使っていたものである。彼の方はというと、それまでは銭湯の横のコインランドリーで洗濯していたし、ホテルの備品のような小型冷蔵庫しか持っていなかった。

「俺が引っ越そうか？」

「いや、いいです。あたしが出て行きます」

彼女はわざと敬語で言い、舌打ちでもしそうな勢いで、

「やっぱ連名にしとけばよかった」

恨みごとを口にした。

そう言われると彼は、返答に窮してしまう。

約一年前、四十五平米のこの賃貸マンションを借りるとき、彼の名前だけを冠した契約書が問答無用で作られたのだった。

「これって、あたしの権利はどうなってるんですか？」

契約書を前にして彼女が、心配そうに不動産屋にたずねた。

「連名で作ることもできますが、そうなさいますか？」

印鑑を捺《お》す手をピクッと止めて、彼は彼女の判断を待った。

連名の方がもちろん安心だけど、この段階で契約書を作り直すのはかなりの手間だ。どっちみち予定どおり結婚すれば、男性の名義でいいわけだし……という空気を読んで、彼女は意見を引っ込めた。

「まあ、結婚してもしばらくはそのまま住むよね。あなたの名前でいいんじゃな

い？」

早々と新婚気分を漂わせながら、可愛らしく肩をすくめてみせたのだった。

だからどうしてこんなことになったのか、彼にはわからない。

彼女が出て行こうと荷物をまとめているいまこの瞬間も、自分たちが別れるハメになった理由が、彼にはさっぱりわかっていなかった。


「これなに？」

引っ越して間もないある日のこと。彼女は帰ってくるなり、やけに険《けん》のある言い方で詰め寄ってきた。

「なにって、靴下」

彼は訊かれたことを見たままにこたえた。

それは靴下だった。くるぶしまでの短い丈の、スニーカー用ソックス。かかとの部分にゴムの滑り止めがついているタイプ。

「いやそうじゃなくて」

彼女はうんざりした様子だ。

「なんでこんなとこに落ちてるの？　また履くの？　もう洗うの？　どっち？」

突然質問攻めにされて彼はうろたえた。

「履……く。いや、もう履かない。洗う」

「どっち？」

「洗う」

「じゃあ洗濯機に入れといてよ」

「……ハイ」

彼は言われたとおり靴下を拾い上げ、洗濯機の中にぽとんと落とし入れた。

別のある日、彼女は帰ってくるなり刺々《とげとげ》しい言い方で言った。

「あのさぁ、これなに？」

洗濯機の中を見ながら彼はこたえた。

「タオルとかTシャツとか……」

今度は靴下も、床に脱ぎ捨てずきちんと洗濯機に入っている。

でも、彼女はなにか言いたいことがあるのだろう。だからわざわざ彼を呼び止め、仁王立ちで問い詰めているのだ。

彼は身構え、じっと洗濯機の中を見た。

わからない。わからない。

靴下は洗濯機の中だ。それ以上でも以下でもない。

一体どんな文句が？

彼は彼女を見つめた。彼女が口を開く。

「なんか変な臭いしない？」

臭いか！

怪訝そうに言う彼女に誘導され、彼は洗濯槽に顔を近づけ、鼻をクンクンやる。

たしかに。

「洗濯槽ってすごい湿気こもるから、雑菌が繁殖したのかも」彼女は言った。

「え、じゃあどうすればいいの？」

彼は小学校五年生みたいな、無邪気なきょとん顔で訊く。

「今度からはこっちの洗濯かごに入れて」

指差されたのは、洗濯機の横に置かれた、プラスチック製のかごだった。いつも彼女が洗い終わった洗濯物を入れて、ベランダへ持って行くときに使っているものだ。

つまり洗濯物は一旦洗濯かごへ入れ、それを洗濯機に入れて洗い、洗い終わったらまた洗濯かごに移すということ？　二度手間なだけで、理にかなっていない気がする。

彼はちょっと不服そうに間を置いてから、

「わかった」

渋々こたえた。

そしてまた別のある日。

「あのさぁ、ちょっと来て」

彼女に呼ばれて行った。

洗濯物は言われたとおり、きちんと洗濯かごの中に入れられていた。こんもりと、溢れんばかりに。

「これがなにか？」

なにか言いたいことでもあるのかと、彼は少しだけ高圧的に出た。いい加減、彼女の小言にはうんざりだったのだ。それに彼が見る限り、どこにも落ち度はない。

彼女は腕組みして言った。

「たまにはさぁ、自分で洗濯機回してくれない？」

ああっ！　そっち⁉

その瞬間、彼ははじめて気づく。

一緒に住みはじめてから、自分が一度も洗濯していないことを。洗濯機を回すのは、いつも彼女だった。

「そっかぁ、ごめん。悪気はないんだけど、気がつかなかった」

「あなたのその鈍感さに、なんか蝕《むしば》まれていく感じがする」

彼女は吐き捨てるように言った。

蝕むとは、なかなか強烈な言葉だ。

　それ以来、彼もときどきは洗濯機を回したし、干したり取り込んだりもした。畳むことはめったになかったが、それはどうせまた使うのにわざわざ畳むなんて不合理だと思ったからだ。でも、そう思って放置していると、彼女が勝手に畳んで引き出しに戻しておいてくれる。放置していた洗濯物が視界から消えた時点で、彼は洗濯物の存在を忘れる。だから別段、洗濯物について「ありがとう」などと口にすることはない。忘れているから。

　再び彼女が溜め込んだ気持ちを爆発させ、

「いい加減にしてよ」

と怒り出しても、彼にはその理由がよくわからなかった。

ああ、また彼女が勝手に怒ってる。

彼は内心ため息をつきながら、怒りが鎮《しず》まるのを待った。

「あのねぇ、いちいちこんなこと言いたくないんだけど、人と一緒に住む基本的なルールとして、自分のことは自分でやってよ。それと、出したものは元に戻して。散らかしたら片付けて。幼稚園で教わる人間の基本でしょ？　なんで二十七歳にもなってそれができないの。あたしだらしない人嫌いなの。でもってだらしない人の尻ぬぐいさせられるのはもっと嫌。あなたがゲームしてる間ずっと、あたしがうしろで家事やってるの気づいてる？　人の時間をなんだと思ってるわけ？　労力も。あたしだって一日外で働いてるのは一緒なんだよ？　家賃シェアしてるんだから、家のこともシェアして当然だと思わない？　なんで全部あたしがやることになってるの？　あたし別にあなたに養われてるわけじゃないんだよ？　立場的には対等でしょ。頼むわ、まったく！」

こうして時折り演説をぶつ彼女は、とてもイキイキしている。澱《おり》のように積もった感情をいっきに吐き出し、喋り倒し、心を解放しているときの彼女は、機関銃をぶっ放すときのショーン・ペンのように輝いている。

彼はしゅんと小さくなってお説教に耳を傾け、

「ハイ、スイマセン」

殊勝な言葉をちょくちょく挟むが、実のところ彼女が話す内容は、右から左へどこにも引っかからずに流れていった。どうしてもどうしてもその話に興味が持てない。心にまったく響かないのだ。

不思議なのは、一緒に住む前の彼女は、とてもうれしそうに彼の洗濯を、頼まれもしないのに自分から引き受けていたことだ。コインランドリーに行く代わりに洗濯物を袋に詰めて彼女の部屋に遊びに行くと、仕方ないなぁとやさしく笑って、甲斐甲斐しく洗ってくれた。彼の汚れたTシャツやパンツや靴下は、柔軟剤のいい匂いを漂わせてきれいに畳まれて返ってきた。あのときのあのやさしい子と、このひたすら説教ばかり垂れてくる気の強い女が、同一人物とはとても信じられない。

彼は二十七歳。これがはじめての同棲だ。

もちろん、ほかにも問題は山のようにある。彼は基本的に料理をしないし皿も洗わない。だって一人でいるとグラスすら使わないから。飲料はペットボトルから直接飲めば済むのだ。同じ理屈で箸もスプーンもコンビニで付けてもらったものを毎回使って捨てていた。だから彼が一人暮らししていた部屋のキッチンはピカピカだった。そう、彼は彼で、うまくやっていたのだ。一人で暮らしていたころは。

彼は、自分が気の利かない人間であるとは思っていない。「出して」と頼まれたゴミをゴミ捨て場に持って行くことはできるが、指示を出されない限りは何曜日がゴミの収集日なのか知らない。でも、言われたことはきちんとやる自分を、やさしい彼氏だと思っている。なにを頼まれたところでやらない男はたくさんいるだろう。この世には悪い男が大勢いて、そういうのに比べれば自分は、いい彼氏の部類であると信じていた。

だからこそ彼女が露骨に「この役立たず」みたいな目で見てくると、彼は傷ついた。なんでそんな酷い目で見てくるのか、彼にはまるでわからなかった。

「契約書を作り直してもらえばいいだろ。それで俺が引っ越すから」

彼は意を決して捨てゼリフを吐いたつもりだったが、

「契約書がどこにあるのか知ってんの？」

小馬鹿にした目で言い返されてしまう。

たしかに彼は、それがどこに仕舞われているのか見当もつかない。

「ほんとにいいから。もういいの。あたしが出て行きたいの」

彼女はスーツケースに洋服や化粧品など身の回りのものを詰めると、玄関で靴を履きはじめた。

「え、なに？　ほんとに出てく気？」

彼は心のどこかで、彼女が思いとどまる気がしていたのだ。

「ちょっとちょっとちょっと、荷物は？」

部屋には彼女の持ち物の大部分が残されている。冷蔵庫、洗濯機、電子レンジ、トースター、テレビ、ソファ、テーブル、ベッド、それから鍋にフライパン、食器なども。彼はあまりものを持たない方だから、部屋にあるこまごました日用品はすべて彼女が持ち込んだものだった。目覚まし時計も、窓辺に一つだけ置かれた多肉植物も。

「そんなのいますぐ運べるわけないでしょ!?」

「じゃあ引っ越しの手配するまでここにいろよ」

彼女は、もう一秒でもこの部屋にはいたくないと言わんばかりに、

「嫌です」

ひどく他人行儀な敬語ではねつける。

「荷物のことは身の振り方が決まったらどうにかするから。それまでここに置いといてよ」

彼が「わかった」と言うより先に、彼女は行ってしまった。

バタンと大きな音を立ててドアが閉まる。

一人暮らしには少し広い、1LDKの部屋。

とり残された彼は、なんでこんなことになったのか、やっぱりわからない。

それまで二人いた部屋から忽然《こつぜん》と彼女がいなくなったさびしさは、さすがにこたえた。でも、誰にも干渉されない自堕落な生活も、それはそれで悪くない。腹が減れば外食し、たまには飲みに行った。掃除は基本的にしない。大量の下着類を買い足すことで洗う回数を減らす作戦を編み出した。洗濯は、それでとくに問題はなかった。ただ、二人で払っていた家賃が彼一人の肩に重くのしかかり、貯金はみるみる減っていく。もっと一人暮らしにふさわしい部屋に引っ越そうかとも思うが、彼は結局そこに住みつづけた。引っ越すのがとにかく面倒くさいというのもあるが、なにより彼は心のどこかで、そのうち彼女がふらりと戻って来る気がしていたのだ。あのケンカは大したことじゃない、あれで永遠のお別れなんてことになるわけがないと、彼は思っていた。きっと彼女は戻って来るだろう。「ごめん」とあやまる代わりに可愛らしく肩をすぼめて、なにもなかったかのように同棲生活のつづきがはじまるだろう。そしてゆくゆくは当初の予定どおり、結婚だってするかもしれない。彼はそんなことを、ひそかに思っている。

だが、そうはならなかった。

その後の彼女の人生を、彼はある日、ネットで見つける。

パリッとした白いシャツを着た彼女は、自信に溢れた笑顔でインタビューにこたえていた。

――ワーキングホリデーのことは知っていましたか？

「はい。でも、やってみたいとはまったく思わなかったです。大学を卒業してから、ずっとアパレルで働いていました。数年で希望していたプレスの仕事に就けたし、やりがいもありました」

――ではなぜワーキングホリデーに？

「実は、つき合っていた人と結婚するつもりで、一緒に暮らしはじめたんです。でも、一年も経たずに別れることになって、スーツケース一つに荷物を詰めて飛び出しました。しばらくは友達のおうちに泊まっていましたが、その子がワーホリ経験者だったんです。わたしが、三十歳までに結婚したかったと言うと、結婚なんて何歳でもできる、三十歳までにしなきゃいけないのは結婚じゃなくてワーキングホリデーでしょう！　って言われて（笑）。どうせスーツケース一つしか持ってないなら、そのままワーキングホリデーに行って来たらいいよと、冗談まじりに勧められて、それがきっかけで考えるようになりました。それまでは、三十歳までに結婚しなきゃと焦る気持ちもあったんですが、もう男の人と住むのはこりごりだなぁと思って、もっと自分の人生を楽しみたいという気持ちが膨らんできたんです。また東京で一人暮らしするなら、電化製品やベッドを買わなきゃいけない。そんなもの買うお金があるなら、ワーキングホリデーの資金にすればいいと思うようになって」

――それで、まずは英会話学校に？

「はい。英語の勉強をしなくなって何年も経つので、まずは基礎をしっかりやってから留学したいなと思いました。こちらの英会話学校は、留学のサポートも手厚いし、レベルに合わせた指導をしてもらえるので、とてもよかったです」

――ワーキングホリデーはどうでしたか？

「素晴らしかったです。人生観がすっかり変わりました。ワーホリで行ったニュージーランドでサーフィンに出合い、魅了されたんです。ワーホリ期間が終わってからは、日本に戻ってしばらくアルバイトしていたのですが、ニュージーランド人の恋人が日本まで追いかけてきてくれて、いまはその人と結婚して、ニュージーランドに定住しています」

――いまはどんな仕事に就いていますか？

「ニュージーランドのサーフスクール兼ショップで働いています。そこでの主な仕事は、サーフィン初心者へのレッスンや、商品管理全般です。仕入れも任されていて、とてもやりがいがあります。ニュージーランドは日本よりも、男だからこうしろ、女だからこうしろ、みたいなものが少ないみたいですね。職場でも、女性はみんなのびのび仕事をしています。仕事中に女性らしさを求められることもないですし、もちろん賃金も男女で違うなんてことはほとんどありません。ゆくゆくは、自分のサーフショップを開くのが夢です」

――ワーキングホリデーで人生が変わった？

「はい。結婚もしましたし（笑）。結婚はしていますが、主婦という感覚はあまりなくて、家事は夫と完全にシェアしています。わたしはあまり人の世話をするのが好きではないのですが、日本だと、そういう女性は許されない雰囲気がありました。男の人も、家事ができなくて当たり前、しなくてもいい、みたいに思っていたり。でも、旦那さんの世話をしなきゃいけないなら、一人でいた方がマシだと思いました。だから、自分は一生結婚できないんだなぁと、あきらめてもいて。だけど、世界には、もっと自由な男女の関係、夫婦の関係があるんです。それがわかっただけでも、ワーキングホリデーに参加した価値は大いにありました」

彼はスマホから顔を上げると、1LDK四十五平米のリビングを見回した。

彼女が出て行ってから四年経っているが、この部屋の様子はなに一つ変わっていなかった。彼女が置いていった冷蔵庫、洗濯機、電子レンジ、トースター、テレビ、ソファ、テーブル、ベッド。配置はすべて同じだが、部屋全体がうす暗く、どんより淀《よど》みきって、あらゆる場所がベタベタしていた。窓を開けるのさえ億劫で、空気の入れ替えすらままならない。さすがにもう別れたことはわかっていたが、それでも置いていった荷物についての連絡は、そのうち来るような気が、まだしていた。

ああ、それはもう来ないのだ。彼女はここにある荷物を捨てたのだと、彼はようやく悟る。彼はいまだに、自分のどこがどうダメだったのか、別れた直接の原因はなんだったのか、まったくピンときていなかった。彼女はどうして出て行ったのか。それは永遠に謎のままだ。

彼はスマホで、もう一度そのインタビューを読んだ。二度三度と読んだ。こんがりと日に焼け、わたしは大自然に包まれてハッピーだから些細《ささい》なことは気にしないのよと言わんばかりに、白い歯をむき出したビッグスマイルを見せている。彼女のその無神経な笑顔に、彼はいまちりちりと、蝕まれていく。

ミュージシャンになってくれた方がよかった

兄に異変が起きたのは、明らかにこの会社に入ってからです。とても優しい兄だったのに、すっかり冷淡になり、人が変わったようになりました。忙しいからと趣味の音楽も聴かなくなって、お気に入りのミュージシャンの新譜すら買わなくなりました。もう読み返すことはないからとハヤカワ文庫のＳＦを古本屋に売り、スター・ウォーズの新作だって映画館では観てないって言うんです。そんな時間ないからって。こんなの、こんなの兄じゃありません。まるで兄の体が、大人の男に乗っ取られたみたい。母も言ってます。こんなことなら望みどおり、ミュージシャンかなにかになってくれた方がよかったって。

本当にあった話

十七歳のとき、本当にあった話。

「次回が私の、教師生活最後の授業です」

定年退職を目前に控えた古文の教師が、授業の最後にそう予告した。

「そこで次回は、教科書を離れて、人生の授業をしたいと思います。生きるうえでなにが大切か。みなさんにお教えして、教壇を去りたいと、こう思っているわけです」

思いがけない言葉にクラスがざわついた。そんな青春ドラマみたいな提案を、まさか存在感のうすい古文の教師が仕掛けてくるとは。人生の授業という言葉には誰もが内心ぐっときていたが、クラスにはちょっと茶化したような空気が流れた。高校生とはそんなものだ。俺だってそうだった。

「聞いたか？」

俺はうしろの席のやつに言った。

そうやって表情や態度では小馬鹿にしつつ、内心、そんな記念すべき授業を受けられるなんて俺はラッキーだと思っていた。ピュアだったのだ。十七歳だった俺はその後の一週間を丸々、古文教師の最後の授業にわくわくして過ごした。一体なにを教えてくれるんだろう。どんな魂が込められているんだろう。泣いたらどうしよう。

ところがその授業は、想像していたのとはだいぶ違っていた。

古文の教師は黒板に折れ線グラフを描いて、進学、就職、結婚、子供、不意の病気など、人生で出くわす折々の節目に、一体どのくらいの金がかかるか、そして、いかに保険が大切か、自分の人生を振り返りながら淡々とレポートした。

「いま先生はここ、定年という位置にいるわけです。労働はおしまい。給料ももう入ってきません。もちろん年金はありますが、それに頼ろうとするのは、バカな人間のすることとです。先生は積立型の健康保険に入っていて、健康なまま満期を迎えたから、それを年金の足しにして生活費にあてることができます。これはとてもありがたいことです。年金だって、みなさんの時代よりはるかに多くもらえるのに、先生はこれだけ備えているんです。今日は端折《はしょ》りますけど、ほかにもいろいろな保険に入ってますよ」

それは、高校生がいちばん聞きたくないタイプの話だった。教室中がしらけたムードに染まった。古文の教師だけが、人生最後の授業に酔いしれるようにしゃべりつづけた。あんな空気の中で、一度も我に返らずしゃべりつづけることができるなんて、逆にすごいと思った。長年、教壇で誰も聞いていない授業をやりつづけたことで獲得した、毛がボーボーの心臓、脅威の鈍感力。

俺はたぶん、リスクを取って人生を楽しめとか、そういう学園ドラマっぽい、感動的な話が聞きたかったんだ。ていうかあの前フリだと、絶対そっち系じゃん。

俺は、がっかりしたでもなく、驚いたでもなく、傷ついていた。これから先に広がる大人の世界が、どれだけつまらないものかっていう知りたくないことを、知らされた気がして。

事実そうなのだ。俺は、世の中には先輩ヅラしたクズが、自分はまともで善良な人間だと信じ込んでのさばっているってことを、この瞬間、知ってしまったのだった。そいつらのレベルの低さはまじで想像以上だってことを。

しかも驚くべきことにこの古文教師は、うちの私立高校に再雇用されたのだ。

なんなんだ、まったく。

もう一度言うが、これは本当にあった話だ。

ぼくは仕事ができない

1

この会社に入って、はじめて飲みに連れて行ってくれたのが角岡《かどおか》さんだった。角岡さんは、僕が就活用に買った合皮の安っぽい黒い靴を履いているのを見て、「お前なぁ～」と呆れたように笑った。

「お前、広告屋がそんな靴履いてちゃ舐められるぞ。初任給もらったら、まずはいい革靴を買え。十年は余裕でもつようなやつな」

広告代理店といっても、地方で展開している小さな会社だ。社員はバイトを入れても十五人ほど。制作はほとんど外注のスタッフに任せている。その年の新卒採用は僕一人だった。

入社してすぐはひたすらテレアポをやらされたけど、こんな景気の悪い街に新規開拓できるような顧客なんかそうそう見つからなくて、どこも門前払いだった。ほとほとうんざりしていたタイミングで、見透かされたように角岡さんに、「飲みに行くか」

と誘われた。歓迎会を除くと、それが社会人になってから初の飲み会だった。

角岡さんは体格もよくて顔もかっこいい。結婚してるし子供もいるけど、かなりモテそうだった。

社会でやっていくにはまずは形から入れと、角岡さんは僕に説いた。

「いいか、俺たちはクライアントに満足してもらうのが仕事なんだ」

「満足……ですか？」

「まあ、男芸者みたいなもんだな」

男芸者という言葉に、僕はどきりとした。そこには単なる言葉以上の響きがあった。それはサラリーマンの悲哀を目一杯にじませ、同僚として連帯するときの殺し文句であり、先輩社員から連綿と受け継がれてきたバトンのように思えた。

角岡さんはさらに服装のアドバイスをつづける。

「だから時計なんかに凝る必要はないんだよ。高い時計なんてしてたら目立ってしょうがない。クライアントに睨まれるだけだからな。お前だって嫌だろう？　坊さんがベンツに乗ってたら。だから時計はGショックとかスウォッチとかの安っちいのをつけて、その代わり靴には凝るんだよ」

「靴……ですか」

「ああ、おしゃれは足元からって言うだろ？」

「はあ」

おしゃれは足元から、だって。ハハ。いかにも紋切型なその言い回しをマジで口にする角岡さんを、僕はちょっと鼻で笑った。当時の僕はまだ学生気分が抜けてなくて、角岡さんや社会に対する反抗心がないわけでもなかった。営業なんて魂を売る行為にしか思えなかったし、自分には向いていないと信じて疑わなかった。

「俺が履いてんのはイギリスのチャーチってとこのやつで、たしか十万くらいした」

「十万っすか⁉」

ぶったまげた。

たしかに角岡さんの革靴は、履き込んでいい具合に皺《しわ》が寄っていながら、革がつやつや鏡のように光って、すごく渋い。うらやましいと思いつつやっぱり反撥もあって、

「自分、スニーカーのブランドしかわかんないんで」

と言い放った。それが自分のスタイルなんで、革靴に金かけるとか意味わかんないっす、とでも言わんばかりに。

「だろうな」

角岡さんは僕のグラスに瓶ビールを注いでくれて、それから自分のにも手酌で足して飲み、ゴクンゴクンと喉仏を豪快に上下させた。

「あ、すいません……気が利かなくて」

「いいんだよ。二十二歳で気が利くような男は男じゃねえよ。こういうのも勉強だから。そのうち慣れて、自然とできるようになる」

角岡さんは、壁にぺたぺた貼ってあるメニューに目をやり、すっと手をあげて店員のおばちゃんを呼び止めると、

「おかあさん、おにぎりと赤出し」

甘えた調子で注文した。

おばちゃんを「おかあさん」と身内みたいに呼ぶので、僕はぎょっとするが、呼ばれた当人はまんざらでもなさそうだ。

「なぁに、もうシメでいいの？　もっとたくさん食べてきなさいよぉ」

「いやぁ～このところ飲み会つづきでね。胃の調子が……ハハ」

二人のやり取りを見て、

「この店よく来るんすか？」

と訊くと、角岡さんははじめてだと言う。

店を新規開拓する精神も、広告マンには大事なんだぞ、と。

僕はチェーン店じゃない居酒屋で飲むのは、その日がほとんどはじめてだった。マニュアル通りに動いてくれない年配の店員の人間味が苦手で、注文ひとつするにも勇気がいった。自分のそういう内気なところがコンプレックスでもあったから、角岡さ

んの肩の力の抜けた態度や、自分からどんどん距離を詰めていくところに、無性に憧れた。これが大人の男ってやつかと思った。


新人に課せられたテレアポのノルマをなんとかクリアすると、僕は少しずついろんな仕事を覚えていった。営業、顧客獲得、打ち合わせ、企画立案、プレゼン、ディレクション、納期の管理。仕事の内容は多岐にわたった。一人何役もこなす中で、自分が提案したアイデアが形になる喜びを知り、やりがいを感じるようになる。

「ま、そういうのが小さい会社の醍醐味だな。なんでも自分でできるのって、楽しいだろ?」と角岡さん。

「はい!」僕は目を輝かせた。

たしかに、ひと通りのことができるようになると、仕事はどんどん面白くなった。

「僕、東京の大手企業に何社もエントリーしたけど、結局ここしか受からなかったんです。地元に帰ってくんのは嫌だったけど、まあ仕方なく。大学の同級生には、電通とか博報堂に受かった奴もいて、そいつらと自分を比べると辛かったけど、いまはなんか、胸張ってられるっていうか。そりゃあクライアントのレベルは全然違いますよ? 向こうのクライアントはトヨタとかソフトバンクだけど、こっちはテレビＣＭっていったら、せいぜいパチンコ屋の新台入荷ですからね」

角岡さんはハハハと、情けない笑い。

「その時点で負けてはいるんですよ。だけど、なんか全然、負けてる気がしないっていうか」

角岡さんは「わかるよ」と相槌《あいづち》を打って、お猪口《ちょこ》の酒をくっと飲み干した。

「なんだって自分の手で動かしてるのって、快感ですよね。まあ、実際はただの橋渡し役っていうか、調整役っていうか、実務をこなしてるのは外注のスタッフなわけだけど」

「それが広告マンってもんだよ」

角岡さんはもの悲しげに言うけれど、そのうらぶれた感じもまた渋い。

「なくてもいい仕事って言われちゃあ、その通りなんだよ。でも、そう言われないように、数字で結果出すなり、クライアントに満足してもらえるように、やるしかないんだ」

僕たちの部署の部長は、昔ながらの広告マンって感じで、クライアントには超媚び媚び、酒席になるとマジで「よっ、社長！」みたいなことを言うクズだった。だけど角岡さんはそういうことは死んでも言わなかったし、媚びる必要はないんだと僕に説いた。

「要は雰囲気なんだ。広告っていう、正体のないもの、イメージに価値を見出してもらって、そこに対価を払ってもらうわけだから、虚業なんだよ。でもだからこそ、自分たち自身が、対価を払うに値するイメージを纏《まと》わなくちゃいけない。こいつ何者なんだ？　っていう、得体の知れない雰囲気をな。すぐに尻尾を掴まれるようじゃダメだ」

「角岡さん、僕……」

僕は、角岡さんみたいな男になりたいです。

酔った勢いでそんなキモい告白をしそうになるのを、なんとか踏みとどまるのが精一杯だった。

2

わたしはずっと東京でモデルをしていて、結婚を機にこの街へ来ました。もう三十歳を過ぎてたし、モデルとしても三流だってわかってたので、引退に後悔はありません。もともと仕事にやる気もなかったんで、早くいい人と結婚して家庭に入りたいなって思ってました。それが実現したんだから、東京を離れることは、それほど苦じゃありませんでした。地元に帰って家業を継ぐという夫のライフプランに乗っかるのが女としての幸せだと、わたしも思いますし。

ただ、一度は表舞台に立った人間の性《さが》として、自分の肩書きが専業主婦になるのは抵抗がありました。まわりにいる既婚の友達も、なにかしら自分でやってましたから。多かったのは、センスを活《い》かしてセレクトショップをはじめる人。それから手作り作家を名乗って、アクセサリーや布小物を作って売る人もいました。でもわたしは手芸にも興味なかったし、お店の経営にも向いてないと思いました。あとはなにか資格を取ってお教室でもやるとか。でも、それもどうなんだろうって。そんなとき、角岡さんから声をかけてもらったんです。

元モデルであるわたしが、この街に住みはじめたことをどこかから聞いたそうで、アメブロのローカル版みたいなブログをやってみませんか、というお誘いでした。要はアフィリエイトってことなんでしょうけど、この街での日常をブログにアップするというお仕事でした。ほら、よくあるでしょう？　一体どういう仕事をしているのかわからないけど、とにかくリッチな日常をブログに上げて、それとなく愛用品や買ったものを宣伝してくる、旬を過ぎた芸能人たちのブログ。角岡さんはそれの、ローカル版を想定しているということでした。地域のポータルサイトを運営している会社がクライアントだそうで、そのサイトに登録しているお店を中心に、わたしが実際に買い物したりしている様子をブログに綴《つづ》ることで、同世代の女性にアピールし、購買につなげる……ということです。

「あなたみたいな女性がこの街で、実際になにを買って、どこに食事に行っているのか、みんな興味があると思うんです」

「あ、でもわたし、買い物は基本的にネットなんですけど……」

わたしは日用品は洗濯洗剤の詰め替えからオーガニックシャンプーまで、なんでもアマゾンで買うし、月に一度は東京の伊勢丹に行って、服とか買ったりしてたんで、街のことをよく知らないんです。そう正直に言うと、角岡さんは「あちゃ〜」みたいにおどけて、ショックを受けつつ笑っていました。

「そこをなんとか、この街の店で、買い物してもらえませんか?」

「えー……いいですけど」

「ブログ。やってもらえませんか?」

「えー……いいですけど」

そうしてあのブログがはじまったんです。

内容はご覧のとおり、とてもゆるいです。

〈今日はおともだちと、

ブラン・シュピエール・ムーランジェで

ランチしてきました。
お昼からジビエなんて
贅沢ですネ。
車なので、
ワインは我慢我慢。
そのあと、
行きつけのネイルサロン、
ジュヌヴィエーヴさんで、

爪やってもらいました！
冬は着るものの色が重くなるので、
ネイルでほんのり華やかさをプラス。
深みのあるボルドーに
ハマってます〉

ブログはアクセス数もなかなかいいみたいです。大した収入にはならないけど、構いません。おかげでわたしは「ブロガー」と、正式に名乗ることができるんですから。これも、角岡さんのおかげだと思っています。よくぞわたしに声をかけてくれたなあって、感心しちゃいます。さすが角岡さんですね。

サイトのデザインを決めるとき、

「田丸麻紀さんみたいなのにしたいです」

こちらの要望を言うと、

「デザイナーに伝えときますね」

と快諾してくれました。

そのデザイナーさんがいい感じにディレクションしてくれて、とっても素敵なページになりました。でもおかげで、ものを買い過ぎちゃうので、夫には怒られますけど。角岡さんとは一度だけ寝ましたが、関係は続きませんでした。お互い結婚してる身ですし。それに、一度してしまえば、気持ちもクールダウンして、あとはドライなもんです。でも、してみないことには気が済まないのは、わたしも角岡さんも、一緒だったと思います。男と女って、そういうものですよね。

3

えっ、角岡さんが結婚してるなんて全然知らなかった。生活感ないっていうか、ミステリアスっていうか。あたしは角岡さんに気がないわけじゃなかったけど、好きにはなってなかったから、セーフだったな。好きになっちゃう前に既婚だってわかってほんとよかった。不倫って、一度しちゃったら癖みたいになるっていうしね。癖っていうか体質？　あんまり若いときに、地位も金もあるおじさんとつき合っていい思いしちゃうと、あとが辛いっていうのはよく聞く。でも、若さっていう価値を持ってる女の子が、そういう甘い誘いに乗らずに生きていくのは正直難しい。いい思いを味わいたい気持ちはあったけど、あたしはそこまで人生にドラマを求めるタイプじゃないから。恋愛は、障害がなければないほどいい。あたしは二十代のうちに結婚して、妊娠がわかると、勤めていたデザイン会社をさっさと辞めた。

会社に入ったときから考えていたことだった。そのときが来たら独立しようって。子育てしながら会社で仕事を続けてる人は、ほんとしんどそうだったもん。小学生のころだけど、同級生のお母さんが突然死んじゃったことがあった。その人は看護婦だったから――そうそう、あの時代はまだ看護士じゃなくて看護婦さんって、そういう呼び方だったけど――どうして看護婦さんなのにいきなり死ぬんだろうって、意味がわかんなかった。けど、あれっていま思うと、家事と育児と仕事のトリプルパンチ食らった過労死だよね。大人になってからふと思い出して、そのことに気づいたんだ。だから、フリーでもやっていけるスキルと人脈を身につけつつ、収入の安定した男の人と結婚したいって思ってた。あと、将来的に実家の近くに家を建てることがマスト。だって自分の親に手伝ってもらわずに、子供育てるなんて無理だもん。

それであたしは、まだ入社してすぐの若いころから、公務員か地元の新聞社か地元の銀行か、地元の電力会社の男が集まる合コンに行きまくって、いまの旦那をゲットした。あたしは自分が美人じゃないってことも、男にモテるタイプじゃないってことも知ってるから、若いうちから婚活するのが有利と思って、積極的に動いてた。誰よりも早く結婚にたどり着いたあたしを友達は、「ほんと腹黒いわ〜」って笑ってた。いやいや、腹黒いのと、自分の欲しいものを知っているのとでは、ちょっと意味が違うと思いますけどね。

あたしはどうやら、先のことを見越して人生をプランニングする術に長《た》けているようだ。何歳ごろまでに結婚して、子供は何人欲しくて、いつまでに最初の子供を産んで、どこに居を構えて、子育て環境はどんな感じに整えようかとか、かなり若いときから考えていた。考えていたっていうか、見えてた。

これってきっと、お姉ちゃんがいるおかげだな。お姉ちゃんは、女子としてあまりに無防備すぎた。都会にあこがれて上京、いろんな男とつき合って、自己実現のために精根尽き果てるまで働き、メンタルのバランスを崩して三十歳を過ぎてUターン。そこから焦って婚活をはじめるもなかなかいい人と出会えなくて、結局中学の同級生と、三十五歳を過ぎて籍を入れた。しかも相手はバツイチだ。子供を欲しがってるけど、なかなか妊娠できなくて、不妊治療にけっこうなお金をつぎ込んでいるという。

子供がいないなら働いてほしいって旦那に言われて、いまはホームセンターでパートしてる。行きあたりばったりなお姉ちゃんを反面教師にしたおかげで、あたしの人生はとにかくスムーズだった。スムーズすぎて、語るほどのことがなにもない。けど、あたしみたいな女、地元にはけっこう多いと思うよ。全然、夢見がちじゃない女。地に足が着いた女。まあ、普通の女だ。

角岡さんは独立したあたしに、仕事を回してくれた恩人でもある。人に羨ましがられるような仕事も、けっこうさせてもらってる。外注のデザイナーのなかでは、あたしがいちばん仕事をもらってるんじゃないかな。

でも別に、彼があたしのセンスやスキルを買ってくれているわけじゃないことはわかってた。あたしは、角岡さんを挟まずに仕事を転がすのが上手いのだ。だって角岡さん通しても意味ないからね。角岡さんは、いかにも仕事がデキる男って感じの雰囲気出してくるけど、実務レベルではまったく役に立たなかった。

打ち合わせのときはいるだけ。眉間にしわ寄せて相槌打つだけで、意見はなにひとつ言わない。トラブルが起きたときも、解決策になるような提案はなにもしない。かといって、オロオロもしない。「うわぁ〜参ったな」と頭を掻き、パニクるみんなに

「落ち着こう」と声をかけ、さも「俺に任せろ」「俺がいるから大丈夫」みたいな空気を出すけど、具体的な行動はほんとなにもしない。それどころか、大事なメールが角岡さんのところで止まって、仕事が遅れてしまうなんてことはしょっちゅう。あたしもそこそこのキャリアを積んで、クライアントの担当さんと仲良くなってるから、メールはCCで共有してほしいって伝えているし、緊急のときは角岡さんを挟まずにやり取りするのは普通だった。

それから、ダメージを受けずに仕事をこなすのも得意。あるとき角岡さんが、「クライアントは、今回は趣向を変えて、攻めたやつにしたいって言ってんだけど」みたいなメールを送ってきたけど、あたしはそんなのをいちいち真《ま》に受けたりはしなかった。そのクライアントはけっこう土壇場で保守的なとこに着地することが多いから、あくまで先方を満足させるためのものとして、適当に攻めた感じのサンプルを作りつつ、ちゃんといつもの路線でも提出して、結果的に本命が採用されて無駄骨を折らずに済む、みたいなこともできた。時間と労力の省エネだ。仕事ぶりの手堅さだけが取り柄だけど、何度か広告賞をとったりもした。表彰式にはクライアントと角岡さんが出席して、あたしは呼ばれないけど。

角岡さんは自分を重要人物だと思わせる存在感を出すのが上手いだけで、全然仕事してなかった。まあ、そういう男性社員って多い。彼らはなんの悪気もなく、まるで自分の権利みたいに女性社員に雑務を押しつけて、自分は楽をする。年を取れば取るほどそうなる。あたしはそのことを知りつつも、角岡さんをひたすら立ててたから、気に入られていたのだ。そういう意味であたしと角岡さんは、共犯関係だった。

だけど角岡さん、きっとあたしの何倍もの給料をもらってんだろうな。前に、「角岡さん、その靴カッコいいですね。どこのですか?」って訊いたら、「チャーチだよ」っつってたし。チャーチって! 多分八万か九万くらいするんじゃないの? あたしなんてパソコン以外でそんな高いもの、一個も持ってないわ。

あんなに仕事してなくて、でも仕事してる風を装い、なおかつ妻子を養えるようないい給料もらってるなんて、ほんと羨ましい。でもそれを言うとこの男社会では生きてけないから黙っておく。嫌味ったらしいことは言わない主義だ。

なのにあたしは角岡さんに一度、盛大な嫌味を言われている。あれはちょうど、妊娠して会社を辞めて、フリーになりますとあいさつに行ったときのことだ。

角岡さんは、大きなお腹を抱えるあたしに、こう言った。

「辞めてフリーになれるなんてほんと羨ましいよ。女っていいな、気楽で」

「え?」

さすがのあたしもカチンときて、眉間に皺を寄せて聞き返した。
するとと角岡さんは肩を落として、少しさびしげに、
「いや、ごめん、なんでもない」と言った。

4

角岡くんのいいところは、そうだな、飲み会を断らないところだな。笑いごとじゃなくて、サラリーマンっていうのはそういうつき合いが、いちばん大事なんだ。
角岡くんはもともと、東京の大手にいたそうだ。バブル後期の入社だから、超売り手市場のころにうまい具合に潜り込めたわけか。まあ運が良かったってことだな。バブルの時代に社会にスッと出られたのと、ほんの二年三年の差で、にっちもさっちもいかない就職氷河期にぶつかったのとでは、まったく人生が変わってしまう。角岡くんはバブルも経験できて、東京で多少はいい思いもしたんだろう。それだから、角岡くんがうちに来たときは鳴り物入りだったな。「東京の大手広告代理店の男が来る」って。しかもラグビーの強い学校出てて、あともうちょっとで花園ってとこまで行ったって言うじゃない。もうそれ聞いただけで、イケると思ったね。体育会系で、見た目もよくて、これはクライアントに受けそうだと思った。

仕事ぶりにも満足してるよ。もちろん。上がつかえてるからまだ役職ついてないけど、そのうち出世もするでしょ。ああいうのはほら、順番だから。それから、やっぱり胃腸だな。胃腸さえ丈夫で、毎日のように会食がつづいても耐えられて、体さえ壊さなければ、出世なんて自然とできるんだよね。

5

角岡が中途採用でうちに来たときは、女子社員が色めき立ったものだ。なにしろ東京の大手広告代理店にいたっていうし、顔もよくて背も高くて目立つから。私が教育係に任命されたことで、やっかみみたいな目にもずいぶん遭った。

「いいですよね〜千田《ちだ》さんは、あんな可愛い男の子といっつも一緒にいられて」

なんて嫌味を、腰掛けの女子社員が本気とも冗談ともつかないような感じでよく言ってきた。

こいつらはマジで結婚相手を探しに会社に入っているから、話してると脳みそがとけそうになる。うちは母親が、家の中に嫌々閉じ込められて、離婚するまで本当に苦労してたから、「女も手に職をつけなさい」と散々言われて育った。短大を出てこの会社に就職した年に男女雇用機会均等法が制定されて、翌年から施行されたわけで、まさに過渡期に社会に出た。私は一般職で採用されたわけだけど、数年で寿退社するお茶汲みＯＬになるのは絶対嫌だった。自分からどんどんアピールして、男の人がやるような仕事をこなして、それなりに上司からの信頼も得ていった。まだＤＴＰが出現する前のこと。あたしは写植屋さんや印刷屋さんを走り回って二十代を過ごした。紙の広告はまだ絶大な力を持っていた。仕事が楽しくて楽しくて仕方なかった。結婚なんてする気は微塵もなかった。

だから同僚の腰掛けＯＬに、

「ちょっと千田さん、角岡さんに手ぇ出さないでよね」

なんて言われると、虫酸《むしず》が走ったものだ。

女ってやだな。私も女だけど。こういう女にはなりたくないと、つくづく思った。

「あんたのせいで女子社員から嫌われちゃったよ」

角岡は照れているような喜んでいるような顔で、「すみません」と頭を下げた。

やっかみは迷惑だったけど、私みたいな女性社員が男性社員の教育係に任命されるなんてけっこう名誉なことだから、密かに張り切ってもいたのだ。女である私が会社で認められるには、きっと限界があるだろう。だから角岡をきちんと育て上げて、角岡が順当に出世してくれればそれでいいとすら思った。

でも、指導してみてすぐにわかった。こいつ、全然使えないって。時間の感覚がおかしくて、遅刻しても平気な顔。あんまり覚えが悪いからメモとれって何度言ってもとらない。やる気もない。最初は大手で甘やかされてきたせいかと思ったけど、そういう問題じゃなかった。角岡は、自分で判断して動くってことが、根本的にできない人間なのだ。指示待ちもいいとこ。いや、一から十まで指示を出しても、やっぱりミスばかりで、安心してなにも頼めなかった。必ず落とすとわかっている人に、誰も皿なんて渡せないでしょ。ほんと、仕事ができない男だなぁって、うんざりした。でもそのうちに、私は気づいた。角岡はただ仕事ができないんじゃなくて、そもそも社会ってものに、あんまり向いていないんじゃないかって。私が家庭というものに向いていないのと同じ意味で。きっと角岡は、人間の性質として、外で働くようにはできていないんだ。そういう人間がいたって、おかしくないでしょう。

このことは、誰にも言ってない。

だって、私みたいな家庭向きじゃない女より、そっちの問題の方がはるかに深刻だし、辛いことだってわかるから。女の私には選択肢がある。仕事がどうしても嫌になったら、結婚という名のセーフティネットに飛び込むこともできる。実家に居続けて親の面倒をみるのでもいい。ある程度お金を貯めて、ワーキングホリデーで海外に行く女も多かった。女の私たちには、社会からひと思いに逃げ出す手段はいくらでもあった。そもそも私たちは、社会に歓迎されてはいないのだ。嫌な目に遭いたくないなら、そこに飛び込まなけりゃいいだけの話。

だけど男はそうもいかない。一生、なにがあっても、働き続けなくちゃいけない。誰でも。どんなことがあっても、どんなに煙《けむ》たがられても、会社に居座らなくちゃいけない。しがみつかなきゃいけない。少なくとも定年まで。これはちょっと、想像を絶することだ。そのプレッシャー。その憂鬱《ゆううつ》。そのストレス——。可哀想な角岡。自分が致命的に、働くことに向いていないってことに、気づいているのか、いないのか。若い角岡の穢《けが》れのない目は、森を彷徨《さまよ》う、怯えた小鹿みたい。

それで私は思い切って、教育方針を変えることにした。仕事を教えるんじゃなく、仕事ができないってことがバレないように、うまいことハッタリを利かせるコツを教え込むのだ。まずは見た目。

「あんた、なにそのスーツ。ジャケットのいちばん下のボタンは留めなくていいの。あと、せっかく体格いいんだから、とにかく姿勢だけは良くして、堂々と振る舞いな」

「スーツは安物でもいいけど、型がしっかり合ったものを着なさいよ。それからネクタイの結び方ももっと練習して、カッコよく締められるようになんなさい。結び目の下にはちゃんとくぼみを作らなきゃ。長さはベルトにちょっとかかるくらい。短いとバカみたいになるから、気をつけて」

「なに生意気にオメガの時計なんてしてんのよ。カシオでいいわよ、カシオで。クライアントにそんな時計見られたら嫌な顔されるわよ？　時計になんかお金かけなくていいから、その分靴にお金かけなさい。イタリア製かイギリス製。二足買って、交互に履くの。そうすると消耗しないから、十年は履ける」

「仕事のしやすい優秀な外注スタッフがいたら、どんなことがあっても離しちゃダメ。最悪、自分がいなくても問題なく現場が回るようにするのよ。でも、必要のない人間だと思われないように、頼もしそうにするの。なにかあったときの責任は自分がとるって、先に言っちゃうの。どうせ大したことなんか起きないんだから」

何年か前に、ショッピングセンターで角岡のことを見かけたことがある。美人の奥さんと、小学生くらいの女の子、下の男の子は幼稚園くらいだろうか。さらにベビーカーまで押してて、絵に描いたような五人家族。すごく幸せそうだった。

男はいいな。

仕事も家庭も、両方手に入れられて。

私は角岡を教育したあと、三十歳を目前に上司からさんざん肩叩きされて、さすがに嫌気が差し、独立して会社を興《おこ》した。社員は女ばかりの、なんでも屋みたいな弱小プロダクション。ウェブサイト制作をメインでやって、最近は行政からパンフレット制作の委託なんかも請け負っている。

男とつき合って、いい線までいったことはあったけど、踏ん切りがつかず結婚しないまま、来月には五十歳を迎える。

6

夫は朝が弱い。低血圧で、起きるのが本当に辛そうだ。カーテンを開けて、彼のまぶたに朝の太陽を差し込ませる。彼は不快そうに顔を歪めて、まだ眠っていたいと布団に潜り込もうとする。

でも、起きてくれなきゃ困る。起きて、会社に行ってくれなきゃ。

夫は平日、明らかに元気がない。食も細い。朝はシリアルしか食べられない。胃腸が弱いから、牛乳は室温に戻したものをかけることにしている。よぉくふやかして、嚙んでもカリカリと音がしない流動食のようなシリアルを、夫は暗い顔で食べる。

「アレ、ない?」

と訊かれて、

「ウコン？」

と訊き返す。

「そう」

家での夫は、口数が少ない。表情もない。

「買い置きあるけど」

わたしは戸棚からウコンのサプリを取り出して、夫に手渡しながら、

「今日も飲み会？」

とたずねた。

夫はなにも答えず、トイレに入った。夫が飲み会だと、夕飯の支度が楽でうれしい。だけどその半面、夫の体が心配でもある。夫に体を壊されたら大変だ。

「ねえ、体、気をつけてね」

出掛けに、そう声をかける。

「ああ」

夫は、暗い表情のまま、車に乗り込み、エンジンをかけた。

広告代理店というのは、とても忙しいらしくて、平日も夜遅いし、飲み会も多い。土日もしょっちゅうイベントで潰れる。一ヶ月に休みが、三日あればいい方。でもその三日も、家族でアウトレットなんかに出かけて終わるから、休みとはいえない。睡

眠不足と疲れを溜め込んで、夫は青白い顔をしている。可哀想に。

　上の子二人を送り出すと、朝ごはんの後片付けをして、それからミシンに向かった。布製のバッグや、お弁当入れや、ランチョンマットを作る内職をしている。幼稚園ではそういった布小物は、お母さんの手作りが推奨されているのだ。その方が「子供に愛情が伝わるから」という理由で。それで、裁縫《さいほう》が苦手でミシンを持っていないお母さんたちから請け負っていた。一つ作っても、手間賃は千円にもならない。数百円の世界。自分が数百円でお弁当入れの巾着袋を作る女になるなんて、思いもしなかった。

　下の子が起きると同時に泣きわめく。わたしは手を止めて寝室へ駆け込むと、その子はベビーサークルの中でぺたんと座ったまま、天を仰ぐように泣いていた。

　ビィビィと、耳障りな声に鼓膜《こまく》が震える。

　子供って本当、苦手だわ。

　ずっと一緒にいると、気が狂いそうになる。可愛いときもあるけど、そんな単純なもんじゃない。怒鳴ってしまいそうになるのを堪えるのに必死だ。

「おっぱいがほしいのー？　それともおむちゅ、くさいくさいかな～？」

　と言いながら、お尻に顔をくっつけて匂いを嗅ぐ。

　……くっさ！

「あらぁーおむちゅでちゅねぇ～。はいはい、いま替えるからねー」

ぎゃーぎゃーぎゃーん。

「……………わかったから」

ぎゃーびぎゃー。

「替えてあげるって言ってるでしょ」

うぎゃーひぎゃー。

「あーもーうるさいよ」

泣き続ける赤ん坊に、わたしも涙をこらえて言った。

「ママも可哀想、パパも可哀想。みんな可哀想なんだから、お願い、あなたも泣かないで」

型破りな同僚

なにからなにまで型破りな同僚は、いまや業界に風穴を開ける存在として、メディアにその名を轟《とどろ》かせる。たしかに彼の熱意は凄まじい。空気を読まないことでつまらない慣例を小気味よく無視し、自己責任のスタンドプレーも厭《いと》わない。しかしその分、周囲にとてつもないストレスを与えているのは言うまでもない。早く失脚しろしろ毎日神に祈っていたが、祈りも虚しく、とうとうテレビが取材に来るという。しかも一時間枠のドキュメンタリー番組の主役。会社にやって来た取材クルーは、まるでこちらの気持ちを見透かしたように、かすかに見下したニタニタ笑いで、「どうですか？時代の風雲児とデスクを並べて仕事する気分は？」、ずいぶん嫌な訊き方でマイクを向けてきた。ここで本心を悟られては負けを認めることになる。必死に感じのいい笑顔を作って「いやぁ、それはもう、型破りな存在ですから、ハハハ」と持ち上げた。瞬間、とてつもない量のストレス物質が脳内で分泌されたのが自分でわかったほど渾《こん》身《しん》のヨイショだったが、放送ではあえなくカットされた。

事情通K

事情通の女子とはどこにでもいるもので、同級生のKもそういう種類の人間だった。人当たりがよくて、誰もがKと友達で、Kにならら心をすぐに許して、いろんな秘密を話した。

中学生のとき、Kが摑んでいた主な情報は、なんといっても恋愛事情。何組の誰と誰がつき合っているとか、そういう情報はKのもとに集約された。サーバーみたいなもんだ。

二十代のうちは、その内容が結婚速報となった。次々に結婚していく女子たち。その「次々」ぶりは、なんとなく崖から谷底にダイブするイメージと重なった。ウエディングドレス姿の女子たちが、次々に崖から飛び降りるイメージ。深い意味はないけど、一度浮かんだイメージはなかなか消せない。

三十代は忙しくて、ほとんどKとは会わなかったが、先日、久しぶりに飯《メシ》に行く機会ができた。そろそろ会っておくべきタイミングだと思って誘ったら、ちょうどKも都合がつくと言ったので実現した。約十年分たまったゴシップに耳を傾けようと、卒業アルバムまで持参して臨んだ。

Kは、知っている情報を片っ端から教えてくれた。女子の場合は、結婚しているかいないか、子供はいるかいないか、いるなら何人か、端的に教えてくれる。そして男について語るときは、もれなく年収も教えてくれるというサービスまで。

驚くべきことに、Kは目ぼしい男子の年収をほぼ把握していたのだ。何人かはすでに一千万円以上いってると言う。Kが出した結論は、「それなりの大学に行ってそれなりの会社に入ったやつは、それなりに稼いでいる」という身も蓋もないものだった。とりわけ某テレビ局に入ったSのことを、「年収はいいかもしれないけど、人を見下す態度が染み付いた、信じられないほど性格が悪いクソ男になっていた」と力説していた。

仮想通貨

新しもの好きで知られた江崎が、仮想通貨で十億円儲けたという噂は本当だった。夜中に居ても立ってても居られず電話をかけ、昔のことをいろいろ詫びてから、どうすれば十億儲かるのか俺にも教えてくれと懇願した。江崎は「もう遅い」と語気を荒らげて、プツッと電話を切った。

いつか言うためにとってある言葉

わかってるんだぞ！
俺が三菱商事の社員でなかったら
結婚なんかしなかったってことは！

※各々、三菱商事の部分にそれなりの会社名を当てはめてお使いください。

「おれが逃がしてやる」

会社といっても雑居ビルのワンフロア。十人に満たない社員がスチール机を並べて、Dellのパソコンをかちゃかちゃ叩いているようなしょぼいところだった。席に案内してくれた総務のおばちゃんに、「仕事のことは館林《たてばやし》さんに教わってね」と言われる。俺の席のとなりが、その館林さんの机だ。ひょろっとした三十代。この零細企業が新しく正社員を雇ったのは、この人以来十年ぶりだとか。「館林さん、部下ができてよかったね」と、総務のおばちゃんがうれしそうに声をかけた。

「よろしく」

そのときはじめて顔を合わせた館林さんは、まさしく人生に敗れた男といった印象だった。よれっとしたスーツに、コシのない髪。顔色も冴えなくて、生気ってものがまるでない。

「お願いします」俺は小さく頭を下げた。

「いくつ？」

「二十六です」

「二十六か」

館林さんはそうかそうかと、頭をしきりに搔いている。

「じゃあ、今日はとりあえず、取引先にあいさつだな」

駐車場に降り、「あれ」と館林さんが指差した。車体の横に社名ロゴが入った白い軽自動車。

「俺、運転しましょうか？」

「いや、いい。乗って」

館林さんが運転席で、俺は助手席。館林さんはエンジンをかけると、車をバックで白枠から出した。

車の中は沈黙がつづく。音楽をかけたいけど、このボロ車にはBluetoothもない。

「アポとか入れなくていいんですか？」

俺が訊くと、

「ただのあいさつ回りだから」とバッサリ。

アポなしで行って、担当者に会えたら名刺交換して、会えなかったら名刺だけ置いて出直す、それだけ。

「営業ってそういう感じなんすね」俺がつぶやくと、

「なんすね……」

語尾を館林さんが嫌味っぽくリピートしたのでヤベえと思い、

「なんですね」焦って言い直すが、別に館林さんは気を悪くしたわけじゃなかった。

「おれにはいいけど、ほかの人には言わない方がいい」

とアドバイスしてくれた。

「なんか照れるんすよ、ちゃんとした敬語って」

俺がジャケットのポケットからタバコを出すと、館林さんは無言でボタンを操作して助手席の窓を少しだけ開けた。

「あ、どうも」

タバコに火を点け、一吸いする。赤信号につかまった館林さんはブレーキを静かに踏み込んで停止すると、ゆったりした口調で言った。

「コツは、芝居だと思うこと」

「えっ？」

俺はどきりとした。芝居って言葉にひどく敏感になっている。この人なにを知ってるんだと焦った。館林さんはつづける。

「会社ってみんな、芝居がかってるだろ？　だから芝居だと思った方が楽」

「……そうなんすか？」

別に俺の事情を知って言ったわけではなさそうだ。

館林さんはうなずいて、

「名刺交換なんて完全にサラリーマンコメディだからな。芝居だと思って、思いきり仮面かぶって、演技してみればいい」と言った。

信号が青に変わる。

館林さんはアクセルを踏み込んで言う。

「おれはずっとそうやってるよ」

一軒目も二軒目も担当者が不在。応対してくれた女性社員に、とりあえず名刺を渡した。

「えっと……あのこれ……」

名刺交換にまごついていると、館林さんが俺の背中を軽く小突く。

芝居だ、芝居、芝居するんだ。

そう言われているようで、おかげでにやけたりせずに「頂戴します」とか言えた。なんだよ頂戴しますって。「ごきげんよう」並みの異文化だ。

十二時を回ると、「昼にするか」と館林さん。よく行くという、ラーメン屋に入る。店の中はサラリーマンで満席状態。館林さんは担々麺をすすりながら、当たり前のことだけど、と前置きして言った。

「十二時から一時までが昼休憩。好きなところで好きなもの食べていい。ただしランチ時はどこもこんな感じで混むから気をつけて」

店の中、同じ時間に、同じようなものを着て、同じラーメンをすするサラリーマンを見回す。みんな同じルールの中で生きてるんだなぁと思い、暗澹《あんたん》とした気分になった。

「会社の近くに、安くてうまい店とかありますか？」

少しでも前向きな話題をと思って振ったら、

「そんな店、都合よく近所にはねーな」館林さんは笑った。「うちの会社の人間はみんな出かけるのも面倒がって、あんまり外行って食べないから。弁当とか、コンビニで買ってきたもので済ませてる」

「館林さんは出る派なんすね？」

言葉端に、そういうのが透けて見えた。自分は毛色が違うっていう。

「おれは、営業で外出られる分、そこらへんは自由にやってるかな」

「自由に」

そんなつもりはないが、皮肉っぽく拾ってしまった。これからはじまるサラリーマン生活は、自由なんてどこにもないだろう。

店を出ると館林さんは、コンビニでドリップコーヒーをおごってくれると言う。コンビニの外の灰皿でタバコを吸っていると、コーヒーカップを差し出して、「おれにも一本」と館林さんが言った。「あー、久しぶりに吸うとうまい」、館林さんは今日はじめて破顔した。

人差し指と中指の、深い位置にタバコを挟む持ち方、吸うときの顔のしかめ方、親指で弾くようにする灰の落とし方。館林さんのタバコの吸い方を、すげえいい感じだなと思って眺めた。

「何年くらい吸ってたんすか？」

「吸いはじめたのが高校生で、やめたのは子供生まれたときだから……丸十年」

頭の中で計算する。十六歳で吸いはじめたなら、ガキができたのは二十六。十七なら二十七。十八なら二十八。この人の人生って、たったそんだけだったのか。人生が自分だけのもので、自由に思いきり楽しめた時間は。

「いまの俺くらいの年には、もう結婚してたんすね」

館林さんは紙カップにつけたくちびるを離し、言った。

「ああ、子供できたから」

「できなかったら結婚しなかったっすか？」

「さぁ。ほどほどのタイミングではしたと思うけど」

「ほどほどのタイミングって、いつっすか?」

「早すぎず遅すぎず。無難なとこで」

「無難っすか」

「無難な人間なんだよ」

館林さんはそううそぶいて、吸い終わったタバコを網の穴から落とした。下に張られている水に、ジュッと音を立てて沈む。

俺は自分で自分を無難と言ってしまう館林さんに少々幻滅しながら、助手席でタバコをこれでもかと吸いつづけた。三軒目の会社で挨拶し、四軒目も担当の人がいて挨拶し、名刺交換の演技にはあっという間に慣れた。五軒目、六軒目と回ると、もう日が暮れかかっている。サラリーマン第一日目は、本当になんにも面白いことがなかった。六時半に会社に戻り、七時からは俺の歓迎会。

それは、史上最高に退屈な飲み会だった。社長たち中高年のおっさんノリが炸裂して、まじでひとつも笑えないし楽しくもない。いちばん若い女性社員ですら三十五歳で、しかも育休中と知り、俺は絶望した。話の合いそうな人間が皆無。間違いなく、ここは俺の人生の墓場だ。

トイレに行くふりをして外でタバコを吸う。縁石にしゃがみ込み、本当にいいのか？　これでいいのか？　と自問自答して、気持ちが悪くなるまでタバコを吸いまくる。スマホをいじってみるが、泣きつけるような友達もいない。仲間はみんなバイトしてる時間だ。バイトか、どこかで飲んで、演劇談義でもしているか。そもそもまだ俺は仲間なのか？

館林さんが出てきて、俺に言った。

「お前、大丈夫か？」

「あ、いや、はい……いや」

アルコールが回ってしどろもどろ。館林さんは俺の背中をさする。

「いや、大丈夫っす」

その手を俺は振り払う。

館林さんはため息をつき、「一本くれ」と言って、俺の横に座った。

館林さんのタバコの吸い方は、またしても俺を魅了する。なんだろう、この良さは。年を取った敗北者だけが漂わせることのできる、この叙情は。

「お前さっき訊いたろ？　子供できなかったら結婚しなかったかって」

「はあ」もう興味ねーし。

「したと思う。二十代のうちに」

「ふーん」

「なんでかっていうと」

館林さんは言葉をゆっくりひねり出す。

「暇だったから」

「ぶっ」思わず噴き出してしまった。

なんだよ、もっといいこと言いそうな雰囲気だったのに。

館林さんはつづける。

「社会人になると、毎日は忙しくなるけど、人生って意味では、暇なんだ。仕事は人生の、便利な暇つぶし。マッチポンプみたいなもんだ。仕事しないと金は稼げない、金がないと生活できない。だから仕事さえしてれば生活できるし、間が持つ。でも、仕事してるだけだから、すぐに飽きてくる。そこそこいい年になると、かなり飽きてくる」

「はあ」

おそらく無口な館林さん、がんばってしゃべってくれているのがわかる。でも、なにが言いたいのかはよくわからない。

「ちょうどそういうタイミングで、上司は、家庭を持つ重要性を説いてくる。こういう飲み会のときとかに。で、結婚すると、子供がいることの重要性を説いてくる。子供はかわいいぞ、かすがいだぞって。子供が生まれると、今度は、早く家を建てた方がいいっていう話をしてくる。家を建ててこそ一人前だぞ、ローンを組むなら早い方がいいぞ、とか言って。それが、普通の男の人生なんだ。働いて、結婚して、子供養って、家建てるのが。そういう話になるのはたいてい飲み会なんだけど、あれってたぶん、ほかに話題がないからだろうな。共通の話題っていうと、それしかないんだ。おれにそういう話をした上司も、きっと若いころ、同じようなことを言われてきたんだろうな」

俺は逆流してきた胃酸をぺっと吐き出した。

館林さんの話はまだつづく。

「おれも何年か前に家のローンを組んだんだけど、その報告したときな、あの人たち、めちゃくちゃうれしそうな顔してた。でもそのうれしそうっていうのが、人の幸せを喜んでるんじゃなくて、おれたちのクラブに入ってくれてうれしいよ、みたいな、そういう喜びなんだ。これで、同じ重荷を背負った仲間だな、っていう。意味わかるか？」

俺は頭を振った。酔いが回っているし、ピンとこない話だ。

館林さんは俺のジャケットのポケットに手を突っ込むと、タバコを出して火を点けた。その遠慮のない行動は、昔からの友達っぽくて、俺はまたしてもぐっときた。館林さんはタバコの煙を夜空に吐き出しながらこう言う。

「自分はなにがしたいんだろうとか、深く考えずに、なんとなく生きてたら、こうなってたんだ。まわりがレコメンしてくる方向に、なんとなくハンドルを切ってたら、こうなってた。まあ、普通の男の人生だ。大勢がそのクラブに入会してるから、連帯意識もある。話す言葉も似てくる。一人じゃない安心感もある。セーフティモードの人生だ」

館林さんは俺に向き直って言った。「ここで訊くが、お前は、そのクラブに入りたいか?」

「……いや。入りたくないっす。死ぬほど入りたくない。でも、館林さんがいまから俺を、説得するんでしょ?」

内心、それを待っていた。会社はいいぞ、結婚はいいぞ、子供はいいぞ、家はいいぞ。そういうオーソドックスな人生に飛び込む、背中を押してくれ。

館林さんは「しないよ」と笑って、こうつづけた。

「自分で自分の人生を切り拓く力のある奴って、案外少ないんだ。なにかやりたいことがある奴も、そんなにいない。二十歳過ぎて夢とかある奴なんて、ほとんどいない。いても、年をとるごとに自然淘汰されて減っていく。そういう、おれみたいに主体性のない奴らは、暇なんだから、クラブに入会すればいいいんだ」

だんだん、目が冴えてきた。

となりを振り向き、館林さんと目を合わせる。

「だからな、もしお前が、ずるずる青春を引きずってるだけで、別に無難な人生でいいと心の底から思ってるなら、根性入れ替えさせてこのクソつまんねえサラリーマン生活に一刻も早く染まれるようおれは指導するけど、もしなんかやりたいことがあって、なのに無理して諦めようとしてるんだったら、おれはそれを止めるぞ」

「え？」

「逃げろ」館林さんは言った。「いま逃げろ」

「え？」

「おれが逃がしてやる」

ちょうどそのタイミングで、会計を終えた会社の人たちがわらわらと出てきた。のれんを手で払いながら、社長の「もう一軒行けるかぁ～？」という声が響く。

俺はその瞬間、自分がショーケンか松田優作か、そっち系の俳優になった気分で、わなわなと立ち上がった。それから、刑事に追われている犯人のように、逃げ去った。夜をどこまでも走った。ここがどこだか、わからなくなるまで。


一度は夢を諦めてサラリーマンになったものの、たった一日で会社を辞めて逃亡した話は、インタビューを受けると必ず持ち出されるエピソードになり、いまや俺のウィキペディアにも載っている。あれから十年。俺はウエンツ瑛士にマイクを向けられると、あの日社長がのれんを手の甲で払いながら出てきたときのくだりを寸劇みたいに再現してみせ、笑いを取るタイプの役者になった。小劇団出身の、ドラマで四番目か五番目に名前がクレジットされる役者に。死んだときは〝名バイプレーヤー〟と称されるような。

あのあと劇団に戻り、四年ほど芝居をつづけたところで、テレビドラマのプロデューサーから声をかけられ役をもらえるようになった。バイトを辞めて芝居だけで食えるようになるまでさらに二年。それなりの家賃のマンションに引っ越し、自分で保険料も払って、人としてまともな生活ができるようになったのは、三十二歳のとき。自分の力で人生を切り拓いているぞ、という手応えがあったのは、せいぜいそこまでだ。

軌道《きどう》に乗ってしまえば役者人生は順調そのものだった。たくさんのドラマや映画に出て、あこがれの監督の作品にも出て、助演男優賞をもらったことも二度ほどある。キャパのでかい劇場で、カーテンコールの拍手をもらうのは快感だ。俺は商売柄、感動中毒ともいえる。何十回何百回も感動したりさせたりすると、麻痺して、だんだん閾値《いきち》が上がっていく。けど、これだけは言えた。俺の人生で真に感動的だったのは、あの瞬間だけだと。

「おれが逃がしてやる」

そのときのことは、いつまでもいつまでも俺の記憶に残った。心に刻まれた。館林さんは、俺が手を伸ばそうとしていたバトンを――男には必ず回ってくる義務と責任のバトンを――俺の手から華麗に奪って、放り投げてくれたのだ。これは誰にでもできることじゃない。そういう意味で俺は、世話になった劇団でもなく、プロデューサーでもなく、名も無きサラリーマンの館林さんこそが、恩人だと思っている。

あの日、俺が逃げたあと、館林さんがどんな目に遭ったかは知らない。新入社員が逃げましたと、ぜんぶ俺のせいにしてくれてたらいいけど。

食えていない後輩の劇団員が夢を諦めようとしているのを見ると、俺はすかさず寄っていって、館林さんの言っていたことをそのまま反芻《はんすう》して聞かせた。俺が受け取った新しいバトンを、そいつらに手渡すために。

俺は人差し指と中指の深い位置でタバコを持ち、顔を渋くしかめて吸い、後輩の肩を抱く。そして極めつけに、あの言葉をつぶやくのだ。

一九八九年から来た男

その男は過去からやって来た。それも中途半端な過去、一九八九年から。もうちょっと遡って戦争中の陸軍兵士とか、いっそのこと江戸時代のサムライとかの方がおもしろくなりそうだけど、彼は一九八九年という微妙な昔から二十五年をスキップして、二〇一四年の日本にやって来たのである。彼のタイムスリップにはさまざまな科学的根拠があるが、それは諸般の事情により省くことにする。

その男がはからずも未来にやって来てしまった経緯はこうだ。いつものように夜通しディスコで踊っていた彼がトイレから戻ってくると、店の内装がガラリと変わっていたのである。ミラーボールは天井から姿を消し、贅を尽くしたゴージャスな意匠はすべて取り払われ、鉄骨や配管が剝き出しになっていた。照明は最小限に抑えられ、薄暗く陰鬱で、そのせいか空間全体の気配がダウナーでどこか淀《よど》んでいる。ユーロビートの代わりに気怠《けだる》いテクノが大音量で流れていた。

彼はその空気を浴びるや、ぞわりとした。

なんだこの異様な雰囲気は。

みんなあんなに幸せそうに、人生を謳歌するように踊っていたのに、いまは誰も幸せそうじゃない。うつろな顔でゆらゆらと体を揺らしているだけ。まるで、今際《いまわ》の際のダンスだ。

人びとの出《い》で立《た》ちも妙だった。男も女も過度にカジュアルで、寝間着のまま街へできてしまったようである。ボディコンシャスなワンピースを纏《まと》った美しい女はどこにもおらず、ジーパン率がすこぶる高い。ダブルのスーツでキメているのは彼一人で、髪をビシッと固めた男もほかにいない。みんな寝癖のようなふわっとした髪型をしている。そのせいか、彼には自分以外が全員子どもに見えた。

なぜだ？　このディスコは厳しいドレスコードがあったはずなのに。金をかけたDCブランドに身を包んだ選ばれし者だけが、入ることを許される店だったはずなのに。彼はリチャード・ギアを意識して選んだアルマーニのスーツを急に恥じた。

上着を脱いで手に持ち、壁にもたれながら訝《いぶか》しげに辺りの様子を見回していると、フロアはますます悪夢的な展開になった。警察官たちが突然フロアになだれ込んで、営業が中止させられてしまったのだ。

「なんだなんだ？　どういうことだ⁇」

彼は高校生のころからディスコに通い詰めていたが、こんなことははじめてだった。店内に犯罪者でも紛れ込んでいるのか、それとも大麻か、覚醒剤か。

蛍光灯がパッと点いて、すべてが白日の下にさらされた。この状況に戸惑っているのは彼だけで、誰もが「またか」とうんざりした、馴れた様子である。

「おい、誰か説明してくれよ！」

彼が声を上げると、従業員の男が教えてくれた。

「風営法だよ。〝無許可で客にダンスさせた〟ってアレ。もうここも踊れなくなるかもな」

三年ほど前から規制が厳しくなって、摘発が相次いでいるという。

「三年前って？」

「二〇一一年だよ」

どうやら自分はタイムスリップして二〇一四年にやって来たらしいが、彼の目にこの街は、とても未来には見えなかった。だって二十一世紀といえばアレじゃん。空に渡されたチューブの中をビュンビュン走る車じゃん。リニアモーターカーじゃん。

路上には、自分と同じように店から追い出され、行き場を失った女性がたくさんいた。男もいるが、どうしたことか誰も女性に声をかけようとしない。困っている女性にジェントルに接することは男として当然なのに。彼は自分好みの女性を見つけると、さっそく声をかけた。

「ねえねえ彼女、お茶しない？」

「はっ⁉　お茶っすか？」

女性は困惑の中に嘲笑を浮かべて言った。

彼はめげずにつづける。

「うん、僕と一緒に、どお？　暇してるんでしょ？」

「はあ……。でももう開いてる店、土間土間くらいしかないっぽくない？　それにあと三十分で終電だから、ごめん無理」

「終電？　そんなの気にしてんの？　平気さ、僕タクシーチケット持ってるから」

「え、なに？　それくれるってこと？　いいよ、いい」

「なんで〜？　遠慮しなくていいよ」

持ち前の押しの強さで女性をゲットするも、行きつけの店がことごとくなくなっていた。この辺りは彼にとっては庭みたいなもので、ＴＰＯに合わせた店のデータを頭に叩き込んでいるというのに。

「おっかしいなぁ。あ、ごめんね、ヒール履いてる女性をこんなに歩かせちゃって。足大丈夫？　痛くない？　痛かったら言ってね、僕おんぶするから」

「おんぶ⁇　なにそれ、超引くんですけど」

「引く？　引くってなにを？　クジでも引くの⁇」

女性は、こいつ話通じねぇわと呆れ返った様子でため息をついた。

「ていうか食べログで検索したら一発だし」

と言って彼女が取り出した薄い板状の機械を見て、彼は目をこすった。

それがどういう機械なのか説明してもらうが、どうにも理屈がわからない。これでゲームもできるしメールもできるしネットにもつながるしもちろん写真も動画も撮れると言われても、ちんぷんかんぷんである。自動車が空を飛ぶことはなかったが、どうやらここは本当に二十一世紀で間違いないようだった。お店も、彼女がその薄型機械ですぐに見つけてくれた。

「いやぁ、女性に店を決めてもらうなんて」

面目ないと彼は言うが、なんでそんなふうに思うのか、彼女は首を傾げる。

彼女は二十四歳だが、デートでもなんでも、いつも自分がイニシアティブを取ってきた。同年代の男の子はシャイで、そうでない積極的な男はみんな既婚者だった。バーで話すときも、バブリーなその男が積極的に話題を振ってくるので驚いた。それも、どうやったらそんなこと思いつくんだというような、おかしなことばかり言うのだ。

深夜二時に飲むアルコールは好きかい？　誕生日のディナーはフレンチ、それともイタリアンが好み？　きみは『グラン・ブルー』に出てたロザンナ・アークエットみたいな女の子だね——。

「なにその会話。キモいんですけど」

彼女は真顔でバッサリ切り捨てる。

キモい？　キモいってなんだ？

彼は甘い口説き文句を吐きつづけたが、いくらきみは綺麗だきみは素敵だと言っても、彼女はニヒルな笑みを浮かべるだけだった。彼女はロマンティックとあまりに無縁に生きてきたせいで、彼の口説き文句をうまく受け止められなかった。

会計のときに彼女が割り勘で払おうと財布を開くと、彼は驚愕していた。

「やめてくれ、女性にお金を払わせるなんて男の恥だよ！」

「は？　そんなふうに言う人はじめて」

そして彼が「自分は一九八九年からやって来たんだ」と言うと、彼女は「あたしそれ信じる」と顔いっぱいに笑った。


一九八九年から来た男は、彼女の住むアパートに転がり込んだ。彼が持っていたクレジットカードは有効期限切れで使えず、一文無しだった。けれど、彼はとても優しかった。ロマンティックなデートに連れ出してくれるし、甘い言葉で癒してくれる。なによりも自分をお姫様みたいに扱ってくれる。こういう恋愛もあったのかと、彼女は瞠目《どうもく》する思いだった。

「一九八九年の男の人は、みんなあなたみたいなの？」

「まあ、そうだね。僕が特別ってわけじゃないよ」彼は肩をすくめてみせる。経済観念が皆無なことを除けば、彼は理想的なボーイフレンドだ。

「ところであなた、いくつなの?」

ダブルのスーツを着ているから社会人かと思いきや、まだ大学三年生という。

「じゃあ就職活動で忙しい時期じゃゃん」

「就職なんておやじのコネで楽勝さ!」

彼は悠長なもので、僕のおやじはY証券の役員なんだと自慢げである。

「Y証券?」彼女はちょっと首を傾げた。「そんな会社もうないよ」

その途端、彼の顔色が変わった。

それからいろんなことが起こった。彼の家族がもうこの世にはいないことがわかり、大学にも彼の籍がないことが判明した。大学を中退した彼が見つけた就職先は、大手居酒屋チェーン。長時間のキツい立ち仕事をこなすようになると、彼の性格や人柄はみるみる変わってしまった。

のん気でおおらかだった顔に絶望の色が浮かび、陽気だった瞳には陰鬱な影が差した。お先真っ暗、自分のことだけで精一杯。心に余裕がなくなり、彼女に対する態度もすっかり変わってしまった。甘い言葉なんて一言もなく、自分がこのシビアな社会で生きていくのがいかにストレスかを、態度で訴えてくるばかりだ。女の子のことをちょっと小バカにしている素振りもときどき見せる。「女はいいよな、結婚すりゃダンナに養ってもらえるんだろ」なんてことを言ったりもする。

彼女はこんなふうな男の子をたくさん知っていた。

そうか、あれはみんな、一種の病だったのか。忙しかったり給料が少なかったりする男の人は、ガールフレンドに甘い言葉を囁いたりはできなくなってしまうものなのだ。

陽気で気楽な輝かしき八〇年代から、日本が落ち目になった二〇一〇年代にやって来た彼を、気の毒だなと思った。と同時に、経済状況にそこまで人間性を左右されるなんて、なんなんだろうとも思うのだった。

彼女は一九八九年から来た男とあっさり別れて、いまはルームメイトと二人で暮らしている。その後、一九八九年から来た男がどうなったかは不明。元気でやってることを願うばかりだ。

愛とは支配すること

同僚の吉田とは仕事以外に話すこともなくて、間が持たなくなるとつい「奥さん元気？」と訊いてしまう。吉田の結婚披露宴に呼ばれたのが五年ほど前のことだ。

「元気っていうか、ピリピリしてますね」

「ハハ、ピリピリしてるんだ」

「はい、子供が手ぇかかる時期なんで」

「あ、子供いくつ？」

「二歳っすね。魔の二歳児ってやつで」

「へー」

「育休中なんで、ずっと家にいるからストレス溜まるみたいで」

「育休かぁ。うらやましいな。それ、給料はもらえて、家にいるんだろ？」

「全額じゃないっすけどね。うちのは公務員なんで、三年くらい取れるみたいっす」

「はっ⁉　三年も休めるんだ。すごいな、それ」

「だからのんびり子育てしててほしいんですけどね、なーんかピリピリしてて、俺が家に帰ったら、あれしろこれしろってうるさいんですよ」

「あれしろこれしろって何？」

「家のこと手伝えってことですよ。皿洗ったりとか洗濯物たたんだりとか」

「え、お前そんなことやらされてんの？」

「やってますよ……やらないと鬼の形相で怒鳴り散らしてくるんですもん」

「へぇーあんなきれいな奥さんがねぇ」

　披露宴のときは、唇をきゅっと結んで一言も口を利かず、清楚にうつむいていた、あの奥さんがねぇ。

「もう別人ですわ。化粧もしないし。髪も短く切っちゃって、色気もないし。いつも眉間のとこにこう、シワが寄ってて。なんか顔が怖いんですよ」

「変わるもんだねぇ」

「子供はね、可愛いんですよ。でも俺が子供を可愛がって遊ぼうとすると、お前は世話してないくせにって空気を出してくるんですわ」

「えー、酷いねぇ」

「そうなんすよ。それで嫌味ばっかり言ってくるんで、どうすりゃいいのって感じで。帰りが遅いとかなんとか、いっつも怒られてます」

「たまんないね、疲れて帰ってそんなこと言われちゃ」

「ほんとですよ。だから俺、たまに仕事が早く終わったら、本屋とか寄ってぶらぶら時間潰して、それから帰りますもん」

「ハハ、それは奥さんが可哀想だよ」

「どうせ家にごはんの用意もないから、いいんですよ」

「え、ごはんないの？　そりゃあ奥さん、妻の義務を果たしてないよ」

「だから居心地が悪くて悪くて……」

「気の毒だな、自分ちの居心地が悪いなんて」

「上岡さんちは居心地いいんですか？　そんな家庭存在するんですか？」

「まぁそうだなぁ、うちは別に、居心地悪いって思ったことはないな」

「うらやましいですね。秘訣ってあるんですか？　なにかケアしてるとか」

「ケアってなんだよ」

「奥さんのケアですよ。メンテナンス。定期的にプレゼントあげてるとか？」

「そんなことしないよ」

「じゃあやっぱ家のことやってるとか？　ゴミ出しとか」

「するわけないだろ」

「なんにもしなくて奥さん怒りません？」

「いや全然。結婚してからケンカしたことないし」

「は？　マジですか？　そんな家庭あるんですか？」

「あるよ、あるある。うちはほら、押しかけ女房みたいなもんだから」

「なんすかその、押しかけって」

「俺が一人暮らししてたときに、うちのがよく飯作りに来てたんだよ」

「へぇー、いいっすね」

「料理が得意で、人に食べさせるのが好きだからって、食材こんな買い込んで」

「いい子ですね」

「まあな。正直、美人じゃないし、俺はそんなに好きじゃなかったんだけど、でも飯はうまいから、まあいいかなーって」

「ああ、胃袋をつかまれたってやつですね」

「そういうことかな。だから食事の用意がないなんてこと、あり得ないなぁ」

「それ本気でうらやましいですよ。うちのは料理が面倒だ面倒だって、しょっちゅうブーブー言ってるから」

「そんなんで作ってもらっても、美味くないよな」

「そうなんすよぉ～。だったら外の定食屋で食べる方が、よっぽど美味いんですよ」

「俺、定食屋とか、結婚してから一度も行ってないかも」

「え、昼もですか？　あ、そっか上岡さん、いつも弁当ですもんね」

「そうそう。朝飯だろ、昼は弁当だろ、夜ごはんだろ」

「三食とも手料理かぁ、いいっすね」

「手料理に慣れたら、こういう居酒屋の食べ物も、どっかつまんなくてな。この店のメニュー見てても、食いたいものそんなにないんだよ」

「へぇー。俺なんか、ここで栄養とらないと死ぬって感じですけどね」

「ハハ、奥さんにごますって、味噌汁とか煮物とか、ちゃんと食わしてもらえよ」

「ほんとっすね。食いたいですわ、そういう温かいもの。でもなぁ、作ったら作ったで、美味しいって言わないと機嫌損ねたりして、それはそれでまた面倒なんですよ」

「感想まで求めてくんのかよ」

「上岡さんとこ、そういうのないんですか？」

「ないない。俺なんか、食べっぱなしだから」

「ごちそうさまとか言います？　美味しかったとか」

「ごちそうさまくらいは言うよ。でも美味しかったなんていちいち言わないな」

「へぇー。そんなことしたら、うちの奥さん怒髪天ですけどね」

「ちょっと怖いよ、お前んとこの奥さん」

「ははは、ほんとですよ。うらやましいなぁ、上岡さんとこ」

「まあ、そのかわりうちのは、別に美人じゃないけどな」

「顔なんてどうでもいいんですよ、うまい飯さえ文句言わずに作ってくれたら」

吉田は腕時計を見ながら、「まだみんな来ないっすね。馴《な》れ初《そ》めも聞いちゃおっかなぁ」と言った。

「まあ、一方的に惚《ほ》れられたのが、つき合った理由だな。俺はほかに好きな子がいたんだけど、いまの奥さんがガンガンアプローチしてきて、まあ、据《す》え膳《ぜん》食わぬは男の恥ってやつで。すぐに妊娠して」

「え、そうなんですか⁉」

「でも結局それは間違いだったんだけど、妊娠してなかったってわかったときには、もう両親にも紹介してたし、俺も三十過ぎてたから、まあ、あとは流れで」

「なるほど……。奥さん、よっぽど上岡さんのこと好きだったんですね」

「ってことかなぁ？　じゃなかったら十年も俺の世話なんてやってらんないだろう」

「あ、奥さん専業主婦ですか？」

「ああ。会社の受付やってたんだけど、すぱっと辞めてもらって。うちの両親も、その方が安心だからって」

「まあたしかに、奥さんは家庭に入ってもらった方が、なにかと安心ですよね。俺もそういうとこまで考えて選べばよかったなー」

「専業だから当たり前なんだよ、三食作るくらい」

「そうっすね。うちなんてつき合ってたころは可愛くていい子だったけど、結婚したら化けの皮がはがれて、態度が全然違いますもん。前はくしゃみするとき、はっ……くちゅんって、可愛かったんですけど、いまじゃあブワックショーイ！　って、オッサンみたいなくしゃみかましてきますからね」

「それはないな……」

「えっ⁉　本当ですか？　これ、既婚の男に言ったら、みんなあるあるって盛り上がるんですけど」

「そうなの？　うちのは、そんなはしたないくしゃみとか、ないな」

「オナラは？」

「そんなもん人前でする女いんのかよ」

「いますよ！　うちのは人前でブーブー。まあ、なんか笑っちゃうんですけどね」

「は？　笑えないよそんなの。そんなことされて幻滅しない？」

「してますよぉー幻滅しきってますよー」

そう言う吉田の笑い顔は、なんだか幸せそうだ。

ようやく到着したクライアントと女子社員が合流して、四人揃って乾杯をした。女子社員が「二人でなに話してたんですか」と訊くので、吉田が要約すると、クライアントも「うちのもヒステリックでねぇ、こないだ深夜に帰ったら、トマト投げつけられましたよ。イタリアのお祭りかってね、ハハハ」と苦笑いで同調して、なんだかいい感じに話を弾ませている。独身の女子社員も、「でもそうやって本性を見せられるのって、結婚してる人の特権って感じですね」と微笑ましげだ。

「いやぁー、文句も言わずに三食、料理に腕を振るってくれるとは、上岡さんの奥さまがうらやましいですな」

クライアントは言うが、それはいかにもお世辞という感じがした。

「そうですよ、奥さんの愚痴が出てこない人、めずらしいですよ」と女子社員。

実はいま話したことは、氷山の一角に過ぎなかった。

美味い手料理を文句も言わずに用意してくれるうえ、連絡せずどんなに遅く帰っても、妻は黙って待っていてくれた。風呂に入ると一言言えば、ピカピカに磨いて適温のお湯をはってくれるし、パンツは毎日きれいに洗濯されて引き出しに戻っている。休日にどこかに連れて行けなんてことも言わない。そしてセックスを拒むこともない。うちの妻は結婚前と、なにひとつ変わっていない。

そんなことをつらつら話すと女子社員は、

「その奥さん、変ですよ」ピシャリと言い放った。

「……変かなぁ？」

いきなり鋭く衝《つ》かれ、思わずドキッとする。

「上岡さんの奥さん、ＡＩなんじゃないですか?」

女子社員の言葉に、みんなぷすっと噴き出して笑った。

「じゃあ、浮気してるとか?」吉田が言った。

「それはないでしょ〜」

女子社員が間髪をいれず否定するので、俺はほっとする。が、彼女はぎろりと男性陣を睨《ね》めつけて、こう言ったのだった。

「夫の前では完璧な妻を演じて、ずっと浮気してるって? 吉田くん、甘いよ。甘いっていうか、浅いよ。あたし、男性の胃袋をつかもうとする女ほど、怖い女はいないと思うんですよね」

「そうかなぁ? ありがたいですよ」

吉田はのん気に反論するが、女子社員の意見に思うところあって、

「それ、どういうこと?」俺は追及した。

女子社員はこう続ける。

「だって〝食〟を押さえてくるんですよ? 生きるうえでいちばん大切な。支配する気満々って感じで、根源的な恐怖を感じません?」

「それを言うなら上岡さんは〝お金〟を押さえてる」

クライアントが冷静に言った。

「だからあたし、結婚しても絶対仕事辞めたくないんですよね〜」

　女子社員はおどけて言う。

「お前、結婚できないくせに偉そうに」

　吉田のこの発言が、セクハラだセクハラだと糾弾される。

　えっ、いまの、セクハラだった？　どこが⁉

　ともあれ、女子社員の主張には一理ある気がした。というか、身に憶えがあった。もはや妻なしでは生きられないのは間違いなかった。食だけじゃない。生活全般そうだ。でも、それが結婚ってもんだろう？

「ま、平凡な女にとっては、他人の世話を焼くことが唯一の自己表現、みたいなもんですからね」

　女子社員はいきなり、村でいちばん年寄りの、なんでも知ってる婆さんみたいな口ぶりで言う。

「どうした？　もう酔ったか？」

　男たちは、この女なにを言ってるんだという顔で、怪訝に彼女を見つめる。

「上岡さん、奥様のこと、どう思ってます？」

　女子社員は詰め寄った。

「どうって……？」

「愛してます？」

「別に、嫌いじゃないけど、それがなにか？」

「愛してます？」

「……と言うと嘘になるかな」

「え、そうなんですか？」

吉田が驚いたように割り込んで言った。

「俺はうちの奥さんのこと愛してますよ」

「そうなの？」

あんなに文句を言っておきながら？

「私も愛してますね」とクライアント。

え、トマトを投げつけてくる女を？

「で、上岡さんは奥様のこと、愛してないんですか……？」

女子社員が神妙な顔で、ふたたび問いかけてくる。

子供についての話し合い

「あなたが昭和の専業主婦みたいに、文句も言わず家事も育児も全部やってくれるんだったら、子供産んでもいいよ。でも、そうでないなら、産みたくない。これに関してはあたし、一切譲歩する気はないから」

ファーザー

ある朝、目が醒めたら突然、自分は父親になっている。家に赤ん坊がいるようになる。真夜中になるとぎゃーぎゃー泣きだしたりする。困ったなと思っていると次の瞬間、赤ん坊は立って歩くようになっている。天使としか言いようがない笑顔で、こちらに向かってよちよち歩いてくる。ある日、もう赤ん坊とはいえない大きさになっているのに気づく。すでに幼児だ。幼児は疲れ知らず。いつ会ってもフル充電された状態で動き回っている。幼稚園の運動会でかけっこしている姿を目撃する。いつ見ても、よく寝ている。せっかくディズニーランドに連れて行ったのに、ベビーカーの中で眠りこけている姿も目にする。幼稚園でケガをしたという知らせを受けて、あわてて迎えに行く。血が出て何針か縫ったけど、大したケガではなかった。ある日突然、その幼稚園を卒園している。次の瞬間、小学校で九九を習ったと言って、暗唱している。学校が終わると、ピアノと水泳と習字を習いに行っている。月謝という言葉を最近よく聞く。ある年の八月の終わり、夏休みの宿題は終わったか訊くと、叱られると思ったのか、逃げられてしまう。ピアノの発表会の様子をスマホの動画で見る。次に見た動画では、ショパンの『子犬のワルツ』を弾いている。中学生になっている。気のせいかと思うが、髪の色が明るい気がする。染めているんだろうか。週末、めっきり家で見かけない。制服が高校のものに変わっている。街で男と一緒にいるところを生徒指導員に補導される。マクドナルドでバイトしている。いつの間にか受験して、受かっている。家からいなくなる。学費の振り込み用紙が定期的に届く。私立大学に行ったことを知る。毎月仕送りをする。四年経ったが卒業していない。した。就職して地元に帰ってくる。イベント会社で働いている。毎晩遅くに帰ってくる。男を紹介される。結婚式に出席し、うっかり泣いてしまう。なんだか家がさびしくなっている。ある日、孫が生まれている。家にときどき、孫がいるようになる。たまに泊まっていく。真夜中になるとぎゃーぎゃー泣きだしたりする。困ったなと思っていると次の瞬間、赤ん坊は立って歩くようになっている。天使としか言いようがない笑顔で、こちらに向かってよちよち歩いてくる。

心が動いた瞬間、シャッターを切る

入院した母さんは、日に日に老い、弱っていく。見舞いに行っても目を開けるのもつらそうで、なにもしてやれない。

「殺風景でしょ」

病室に二十四時間態勢で詰めている妹が言った。

「病室に花も飾っちゃダメなんだって」

部屋を見回して訊く。

「こんなんで一日いくらくらいすんの？」

おれの言葉を無視し、妹は悲しげな表情でくり返した。そのときだった。

「花も飾っちゃダメなんだって」

カシャッ。

シャッターが切られた。

「やめろよ、こんなときに」

おれは隣に立っているニコンに言った。

ニコンは目にカメラレンズが内蔵されている、家庭用の人型写真ロボット。おれたちが小学生だったころ、父さんが買ってきたものだ。ニコンとルーカスフィルムが共同開発した特別モデルだから、外見や話し方はスター・ウォーズのC《シー》－3PO《スリーピーオー》そのものの。生産が追いつかなくなるくらい売れたヒット商品だ。

　ニコンは言った。

「すみません、でもいまの顔は、お嬢様がこれまで一度も見せたことのない表情だったものですから、母上様の闘病生活のいい記念になると思いまして」

「だからやめろって」

「すみません」

　ニコンに会ったのは久しぶりだが、相変わらず空気の読めないやつだ。人工知能とかいって、所詮このレベル止まり。キヤノンとスパイダーマンのコラボとか、ライカとドラえもんとか、あとからあとからいいのが出てきた。

「とりあえず、今日は一旦帰ろう」

　おれが言うと、妹は首を横に振る。

「だって、いつかわかんないもん」

「いつかって、お迎えのこと？」

　おれは少しだけ冗談めかして言う。

リラックスさせてやりたくて言ったんだけど、妹はおれを睨みつけた。

「チーちゃんが死んだときも、母さんこうやってずっと付き添ってたでしょ」

だから自分も、献身的なやり方を貫くのだと。後悔しないために。

チーちゃんは、妹が拾ってきた猫だ。おれには終生なつかなかったチーちゃん。老いたチーちゃんが寝たきりになって危篤状態だった五日間、母さんと妹は交代交代、つきっきりで介護したそうだ。おれはそのときもう家を出て、結婚して別世帯だったから、よく知らない。ともあれうちで誰かが死ぬなんて、チーちゃん以来だ。まだ死んでないけど、でも、もうそのときが近づいているのは、母さんの様子を見ればあきらかだった。

「ところで父さんは？」

「家」

「どんな感じ？」

「まあ、普通。わたしよりこういうシチュエーションに慣れてるから、落ち着いてる感じ」

「ああ、あの年だと、周りの人がちょこちょこ死んでるからなぁ」

「亡くなってからが大変なんだって言ってた。だから、いまから無理してたらもたないって」

「ほら、父さんも言ってるだろ？　今日は帰ろう」

「嫌だ。一人にしたくないもん」

「じゃあ、おれは帰るから、なんかあったらすぐ連絡して」

「わかった」

「なんか……いろいろやってもらって、ごめん」

カシャッ。

「おい！　こういうとこ撮るなって」

照れくささをごまかすため、おれはニコンを強めに怒鳴りつけた。

「すみません。しかしながらわたくし、心が動いた瞬間にシャッターを切るようプログラミングされておりますもので」

妹とニコンを置いて家に帰る。久しぶりの実家だ。恐る恐るリビングをのぞくと、案の定、ネットフリックス廃人の父親が海外ドラマを連続視聴していた。

「ただいま」

「おう、おかえり。あれ、ニコンはどうした？」

「置いてきた」

「そうか」

昔はさんざんおれに、「スマホばっかりいじるな」「お前は人生をスマホに盗まれている」とか説教してたくせに。いまや父親の人生は、完全にネットフリックスに盗まれていた。まあ、パチンコよりよっぽどマシだけど。

母さんのことを話すと暗くなるので、ニコンの話をした。

「あいつまた変なタイミングでシャッター切ってたよ」

「ははは。どうも気が利かなくてなあ」

母さんがいないとなると、おれたちはこんなうわべの会話しかできない。

「………で、最近なんか面白いドラマあった?」

おれはコートを着たまま言った。

父さんは、それが嫌味だってことも気づかない。

「いやぁ、すごいぞ。昔『ザ・クラウン』を作ったチームが、『クレオパトラ』を作ったんだ。まあ、どっちかっていうと母さん向きのドラマだが、ほら、いまは母さんあんなだろ、代わりに観ておいて、あとで教えてやろうと思って」

父さんはネットフリックスがすごいスケールのドラマを作るたび、まるで自分が手柄を立てたような感じで、自慢げに言った。

ニコンを買って来た日もそうだった。

「これで父さんがいつもカメラを構えていなくても、家族の思い出がちゃんと写真に残るぞ」

と言って、父さんは嬉しそうにニコンの電源を入れた。

バースデーケーキのロウソクを妹が吹き消す瞬間を、ニコンがさっそく、すごくいい感じで撮ったんで、

「どうだ、すごいだろう」

と誇らしげだった。

父さんは最新の電化製品をなんでもかんでも試すようなタイプではない。ニコンを買ってきたのだって、妹が、第二子である自分の写真の少なさに気づいて腹を立てたから、それをなだめるためだった。妹はそうやって、泣いたりわめいたりして、小さいころからなんでも手に入れてきた。だから男とはいつもうまくいかない。

「……そうだ、ニコンが作ったアルバム見るか？　そこに入ってるぞ」

父さんはタブレットを指差して言った。

ニコンは、家族の記念になる写真を撮ることに特化したロボットだ。家族と一緒に暮らし、結婚式の専属カメラマンみたいに、四六時中張り付いている。そして製品につけられたキャッチコピーによると〝心が動いた瞬間〟、自動的にシャッターを切る。

ただ撮るだけじゃなく、データが消失したり流出したりしないよう管理もするし、大量に撮った中からいいのを厳選して、見やすくアルバムを作成しておく機能もある。

それから、本当に大切だと判断した場面では、自動的に動画に切り替えることもできた。

「母さんが入院する前と、入院してからのアルバムがもうできてるぞ」

「いや、いまはいい」

それを振り返るのは、いまじゃないだろう。

「そうか。じゃあ、もう寝るか？」

「そうする」

「そうか。おやすみ」

父さんはまた、ネットフリックスの世界へ戻っていった。


そのときは、朝早くに訪れた。

おれは眠れなくて、自分の子供部屋で横になって、スマホをいじっていた。父さんはネットフリックスを観ながらソファで寝落ちしていた。病室に詰めていた妹も、たまった疲れから簡易ベッドで熟睡していた。ニコンだけが母さんの最期を看取った。

父さんの言っていたとおり、死んだあとの方が慌ただしくて、落ち着いて悲しむ間もない。おれの奥さんは妊娠後期だから、葬式には顔を出しにわざわざ来たけど調子がよくないと言って、泊まらずに帰った。

茶毘《だび》に付されてお骨になった母さんを連れて、ようやく家に帰る。

テーブルにつくと、妹が熱いお茶を淹《い》れてくれた。そのときニコンが言った。

「それでは、お見せします」

完璧なタイミングだった。

みんな、悲しみがまだ新鮮なうちに、それを見ておきたいと思っていたから。

父さんは、おれと妹を見回し、この家族を代表してニコンに言った。

「うん、たのむよ」

ニコンがロールスクリーンに映し出したのは、カーテンの隙間から差し込む朝の光に照らされた、母さんの顔だった。痩《や》せて皺《しわ》が目立つようになり、ぐっと老け込んだその顔は、おれがよく知る母さんの顔とは、かなり違っている。ちょっと見ない間にずいぶんげっそりしていた。あまりに見慣れなくて、他人みたいに思える。

そのときの母さんは、光に包まれて、産毛が逆光できらきらしていた。母さんはなにかに気づいたようにまぶたを重たげに開くと、最後の一息をあーっと漏らし、そこで力尽きた。「あーっ」という声が思いがけない声量で、みんなビクッとなった。

「わたし、この声に気づかなかったの？」妹は愕然《がくぜん》としている。

「まあ、疲れてたから」

父さんは妹の背中をさする。

「なんか母さん、神々しいね」妹が涙を流しながら声を震わせる。

「仏さんになったからな」父さんもティッシュで目頭を押さえた。

カシャッ。

ニコンは動画を投影しながらシャッターを切り、さらにこう言った。

「お言葉ですが、おそらくこの病室のカーテンの隙間から差す光の具合に、わたくしに内蔵されておりますセンサーが過敏に反応したものと思われます。そうでなければ危うく撮り逃すところでした。みなさんが眠ってらっしゃる間は、わたくしも基本的にはスリープモードに入ってしまいますので」

「はいはい、わかったから」

おれは黙らせようとニコンを抱きしめた。

「わわわ、なにをなさいます」

「あはは」

妹が声をあげて笑うのは久しぶりだ。

ニコンはおれに羽交い締めにされながらも、すかさずシャッターを切った。

それから丸一日、おれたち家族は取り憑《つ》かれたように母さんの写真を見つづけた。

ソファに三人、きつきつに詰めて座り、ニコンがロールスクリーンに投射した写真や動画を見ては、わーわー言い合う。

「これいつの写真だっけ」

　車の中、まだ若い母さんがハンドルを握り、後部座席におれと妹がむくれた顔でふんぞり返っている写真。

「父さんわかる？」

「全然憶えてない」

「いいや」

「こちらは二〇XX年のX月X日午後X時XX分の写真でございます。この日は母上様がプリンをお作りになり、お二人はとても喜んで固まるのを待ってらっしゃったのですが、冷蔵庫に入れて何時間か置いてもうまく固まらず、あえなく失敗してしまったのでございます。そしたらお二人、大変なブーイングで。こちらの写真は、母上様が仕方なくお二人を乗せて、ケーキ屋さんに向かっているところでございます」

「ああ、だから母さんの顔、なんか険しいのか」

「母さん、わたしたちのためにプリンなんか手作りしてくれたことあったんだ」

　妹はハッとして言った。

「さぁ、憶えてない」

「プリンを作っていらっしゃる写真です」とニコン。

　ぐちゃぐちゃの台所で、母さんがボウルになにかを混ぜている写真がスライドされる。

「あ、ほんとだ、作ってる。作ってくれてる」

　妹はティッシュに手を伸ばす。

「お兄ちゃんは知らないだろうけどさ、母さん、わたしにはときどき出してたんだよね。母親やるのがしんどいってところ。たまに言ってたもん。あんたも子供産んだら、自分のことなにもできなくなっちゃうよ、とか。そういう呪い的なやつ」

「ハハハ、呪いか」

　父さんは言葉の可笑しさに反応しただけで、きっとその意味はわかってないだろう。

「でもわたし、まだ子供だったし、そんな風に言われても反感しかわかなくて。ほら、子供って、自分のためになにかしてくれてる母親が好きじゃない？　自分に意識が向いてないと、それだけでむくれちゃうの。いまなら母さんの気持ちもわかるんだけど。母さん、本当はほかにいろいろやりたいことあった人だから」

　そう、それは知ってる。母さんはおれたちが学校に行っている間、よく美術館とか行ってた。映画館にもしょっちゅう出かけて、いろんなのを観てた。本もたくさん読んでたし、ありとあらゆるＳＮＳに、自分の気持ちを吐き出していた。たった一度だけ、なにかの雑誌に母さんの書いた文章が、活字で載ったことがある。あのときの母さんは、まるでオリンピックで金メダル獲ったくらいの喜びようだった。

「だけど、こんな風にわたしたちに、がんばってプリン作ったりとかも、してくれてたんだね」

台所でプリンと格闘する母さん。料理は下手だった母さん。

「でもそのこと、わたしは写真見るまで憶えてなかった。ていうか、写真見ても、思い出せないや」

そういうことは多い。

ニコンは、おれたちが育っていく過程の、ありとあらゆる瞬間を記録してくれる。写真という証拠を残してくれる。だけど肝心の記憶の方はどうだ。おれたちはなんでも忘れて生きていく。自分たちの頭の中の記憶装置に、写真みたいにくっきり残っている瞬間の、少なさ、頼りなさ。ニコンがせっせと記録してくれた写真を見ても、大半がピンともこない。そしてせっかくニコンが撮った写真も、見返すことなく死蔵されている。

「おれ、ニコンっている意味あんの？　って思ってたけど、いてくれてよかったな」

おれはこのときようやく、ニコンの存在価値に気づいたのだった。誰かが死んだとき、ニコンが残してくれた写真は、この上ない慰めになる。写真は、あればあるだけよかった。

翌日、キャリーケースに荷物を詰めて玄関に降りると、妹が見送りに来た。

「たまには帰ってきてよね」

「おう」

「父さんの相手、一人じゃきついんだから」

「ハハッ」

妹が結婚もせず実家で父親の世話に明け暮れるのは、正直ちょっと心配だ。けど、そういう話をしたらどうせまたケンカになるだろうから、触れない。おれはこの調子で、家族との対話から逃げつづけている。

「赤ちゃん生まれたら見に行くわ。ニコンも連れてく」

「おう」

ドアに手をかけたその瞬間、

「お待ちください」

ニコンが紙袋を提《さ》げてバタバタと小走りにやって来た。体中が金属だから関節が全然曲がらない、例のカクカクした動きでおれの前まで来ると、紙袋を差し出した。

「こちらを」

紙袋はずっしりと重い。

「なに？」

「わたくしが厳選いたしました母上様の決定的瞬間でございます。こちらは卒園式の正装写真、それから若く美しい母上様のポートレイト、中年期の母上様の貴重な笑顔、晩年の母上様の温泉旅行スナップ、それから遺影に選ばれました栄《は》えある一枚も。すべて写真にピッタリ合ったフォトフレームに入れてあります」

まさかこんな、おせっかいなおばさん的気配りまでできるとは。

「ニコン、お前、もうロボットの域、超えてるな」

ニコンは照れたように、

「わたくしは家庭用人型写真ロボットの第三世代にあたります。心が動いた瞬間、自動的にシャッターを切る機能に加え、このようなアフターケアもできるよう、自らネット接続してフォトフレームの発注なども可能なのでございます。チーちゃんが亡くなったときはフォトフレームを大量発注して写真を部屋中に飾り、母上様にやりすぎだと叱られましたくらいでして」

「わかったわかった」

おれはニコンの言葉を遮って言った。

「わかったけど、こんなにいらねえわ」

「そうですか……」ニコンはがっかりしている。

「これだけ、これだけもらって行くから」

おれは中から、卒園式の写真を選んだ。母さんとおれが二人で写ってる写真。幼稚園の門の前で撮ったやつだ。

「アラ……」ニコンはしょんぼり。

「なんだよ」

「残念ながらこちらの写真は、わたくしが撮ったものではございません。すでにどなたかが撮った写真を、わたくしがデータごと引き継いだだけのものでして」

そうだ。この時代はまだ、ニコンがうちに来ていないはずだ。

写真をのぞきこんだ妹が言った。

「父さんが撮ったんじゃない？」

「なんでわかるんだよ？」

「状況からして普通そうでしょ」

妹は、そこに気配すらない父親の存在を断言した。幼稚園の卒園式。母親とおれが、あらたまった様子で門の前に立ち、まぶしそうに笑っている。ぱっと見は母子家庭だ。でも、二人の目線の先でカメラを構えている父さんの姿が、妹には視《み》えたのだ。

「そうでございましょうね」ニコンも言い切った。

「わたくしども家庭用人型写真ロボットを作った技術者は、メーカーに勤務する父親たちでした。彼らは長年、シャッターを押す側でして、家族写真に入り込むのが立場的に困難でした。もちろん、ここぞという場面では人に頼むことは可能ですし、自撮り棒だってあります。しかし、往々にして父親はシャッターを押す係になりがちでございまして、それが開発のきっかけとなったと聞いております」

家族写真における、父親の不在問題か。

そう考えると、ニコン以前の家族写真は、ほとんど全部、父親が撮ったような気がしてきた。家族の輪の外で、父さんは「こっちこっち」と手を振りながら、カメラを構える。

「おれも、ニコンみたいな家庭用の人型写真ロボット、買お」

ひとりごとみたいに言った。

するとニコンは、

「まあ！　ロボット冥利に尽きるご発言。大変うれしく存じます。現在発売中の第七世代は、わたくしどもよりも小型化が進んでおり、宙を飛べるポケモン型が人気とか。飛べるので構図が自由自在なのが最大のセールスポイント、人気写真家のフィルター機能もさらに充実しております。蜷川実花モードや川島小鳥モードが標準搭載されておりますので、どんな人でもおしゃれな雰囲気で大事な思い出を残すことが可能でございます」

「いや、普通でいいよ」おれは言った。

フィルターで家族写真をこじゃれた感じに変えて、自己満足に浸るような親にはなりたくない。普通の写真でいい。家族以外の、誰にも見せなくていい。

そこへ父さんが、

「なんだ、もう行くのか」

と言って現れた。

「あ、いいところに来た。三人でそこ並んでよ」おれは言った。

「ん?」

家の前に父さんと妹とニコンを三人並ばせ、スマホのカメラを向ける。

「ああっ、それはわたくしの仕事ですのに」とニコン。

「うるせえなあ。いいんだよ」

おれはなかなかおとなしく並ばないニコンの両肩を押さえ、しっかり立たせた。

ニコンは家族も同然なのに、そういえば一緒に写った写真が一枚もない。

おれが三人を撮ろうとスマホを構えたところを、ニコンはカシャリ。

「おい、いま音したぞ。また撮っただろ」

「すみません、しかしながらわたくしは――」

「心が動いた瞬間を」

妹と父さんとおれ、全員が同時に、聞き飽きたそのフレーズを暗唱した。

「心が動いた瞬間を！」

眠るまえの、ひそかな習慣

ここに、向上心にあふれた男がいる。

人生をよりよく生きたいと思っている男だ。

彼は読書家だが、とりわけ自己啓発本が好きで、心惹かれた言葉を手帳に書き留める癖がある。たとえばそれは、映画で聞いたこんなセリフ。

――退屈を知らない子はバカな大人になる。

それから、なにかでたまたま読んだこんな箴言。

――寛容は教養でもなく美徳でもない、自分を幸せにする思考法だ。

彼は毎年九月になると、優れた手帳を求めてあちこちの文房具売り場を彷徨う。時間軸が縦になった週間バーチカルタイプや一日一ページ型、これまでいろんな手帳を試してきた。早々と買った来年の手帳を時おり取り出しては眺めた。そして、来年への期待をたっぷり込めて、目標や抱負を書き込むのだった。月に本を十冊は読もうとか、週二回はジムに通おうとか。ワインにも詳しくなりたいし、ＦＰの資格の勉強もしたい。

あるとき彼は、《看護師が聞いた、死ぬ前に語られる後悔の言葉ＴＯＰ５》というネット記事に出くわし、すかさず手帳にメモした。記事はこんなふうに、箇条書きされている。

一、自分自身に忠実に生きれば良かった
二、あんなに一生懸命働かなくても良かった
三、もっと自分の気持ちを表す勇気を持てば良かった
四、友人関係を続けていれば良かった
五、自分をもっと幸せにしてあげればよかった

そこには、感情を圧《お》し殺して仕事に明け暮れ、家族との時間を作らず、友人ともすっかり縁が切れた、老いた男たちの孤独があった。毎日、身を擦り切るようにして働きつづけたせいで、いつもくたくたに疲れている男たち。睡眠不足と慢性疲労から、ほかのことはなにも考えられず、次第に考えること自体を放棄した男たち。生きることの面倒くささに流されて、無難な選択を重ねに重ねて、たどり着いた成れの果て。用済みになった男たちの、最期の後悔。

彼らは死を前に、自分にだってやりたいことはあったのだと、今更のように思い出す。幸せを追求するのを怠り、一人前の男という枠から外れないよう、びくびくしていたことを顧みる。その心の動きを、なぜだか彼はとてもリアルに、感じることができた。

その記事を読んで以来、彼は死に魅入られた。病床に伏し、思うように体が動かせないなかで、人生をしたたか後悔する男たちの目に浮かぶ涙について考えるようになった。自分にもいずれやって来る死の瞬間。取り返しのつかない悔悟《かいご》の念を、年若いケアワーカーに告白するのかと思うと、怖くてたまらなくなった。

だからあえて自分から、恐怖に飛び込むのだ。

毎晩ベッドで眠る前に、自分の臨終のときを想像するのだ。

すっかり老いぼれて余命わずかな自分が、老人ホームかホスピスの個室でたった一人、いままさに、事切れようとしているところを頭に浮かべる。自分が死ぬところを想像すると不思議と安らぐし、よく眠れた。それは彼の習慣となった。

今夜もまた、彼は死の瞬間を迎えようと、老いた自分を想像する。

年老いた体には、世界が遠く感じられる。耳はノイズキャンセリングのヘッドフォンをつけたみたいにくぐもっているし、目だってよく見えない。壊れてピントの合わなくなった古いカメラのファインダーを覗いているようだ。息をするとヒューヒュー胸が鳴る。すっかり痩せて、若い頃にたくわえた筋肉も削げ落ちてしまい、節々が痛む。自分の命の火が消えかかっているのをひしひし感じていると、なにか大事なことをやり残したという、強烈な無念がわきおこってくる。「ああ、いつだって幸福は選べたのだ」と、せつなく悔いる。同時に、なにもかもが愛しく思え、自分で自分に万歳三唱を贈りたくもなった。長い長いマラソンを走り抜き、ゴールテープを切ろうとしているのだという祝福の気持ちがわいた。その矛盾した両方の気持ちを、彼は行ったり来たりするのだった。

それから彼は目を瞑《つぶ》ったまま、何年も連絡をとっていない、友人の顔を思い浮かべた。いまも音楽をつづけている大学時代の仲間。高校生のころ、なぜか毎日一緒に帰っていた同級生。顔はよく思い出せないが、そいつは自転車で陸橋をくだるとき、きまって脚を気持ち良さそうに広げていた。人生でたった一度だけ、殴り合いのケンカをしたことのある、中学時代の天敵。小学生のころは、クラス全員が友達だった。死の床にある彼には、これまで少しでも関わったことのある人は全員、友達に思えた。同じ時代に生まれ、この広い地球の中で、偶然にも近くにいた人たちを、知り合いなんて冷たい言葉で表したくなかった。出会ったすべての人に、彼はもう一度会いたいかった。眠りに落ちるその瞬間まで、これまで出会った人の顔を思い浮かべつづけた。おえかき教室の先生を。一学期の途中で産休に入った担任を。大好きだった保健室の先生を。気が合わなかった幼なじみを。クラスにいた一卵性双生児の兄弟を。いじめられていたあの子を。転校していったあいつを。どうせまた会えると思いながら、二度と会えなかった大勢の人たちを。

初出一覧

男子は街から出ない／「文藝」二〇一五年夏季号
さよなら国立競技場／「文藝」二〇一五年冬季号（「ぼくらの国立競技場」改題）
世界からボールが消えたなら／文庫書き下ろし
球技が苦手な男子のためのスクールセラピー／文庫書き下ろし
女の子怖い／「文藝」二〇一六年夏季号
彼女の裏アカ物語／単行本書き下ろし
「ぼく」と歌うきみに捧ぐ／単行本書き下ろし
あるカップルの別れの理由／「文藝」二〇一六年冬季号（「出て行きます」改題）
ミュージシャンになってくれた方がよかった／単行本書き下ろし
本当にあった話／単行本書き下ろし
ぼくは仕事ができない／「文藝」二〇一六年春季号
型破りな同僚／単行本書き下ろし
事情通K／単行本書き下ろし
仮想通貨／単行本書き下ろし
いつか言うためにとってある言葉／単行本書き下ろし
「おれが逃がしてやる」／単行本書き下ろし
一九八九年から来た男／「commons&sense」ISSUE46（「THE MAN WHO CAME FROM 1989.」改題）、『あたしたちよくやってる』（幻冬舎、二〇一九年）
愛とは支配すること／「文藝」二〇一六年秋季号

子供についての話し合い／単行本書き下ろし
ファーザー／単行本書き下ろし
心が動いた瞬間、シャッターを切る／単行本書き下ろし
眠るまえの、ひそかな習慣／単行本書き下ろし

本書は二〇一八年五月に小社より刊行された『選んだ孤独はよい孤独』を増補し文庫化したものです。

選《えら》んだ孤独《こどく》はよい孤独《こどく》

二〇二一年一〇月一〇日　初版印刷
二〇二一年一〇月二〇日　初版発行

著　者　山内《やまうち》マリコ
発行者　小野寺優
発行所　株式会社河出書房新社
〒一五一―〇〇五一
東京都渋谷区千駄ヶ谷二―三二―二
電話〇三―三四〇四―八六一一（編集）
〇三―三四〇四―一二〇一（営業）
https://www.kawade.co.jp/

ロゴ・表紙デザイン　粟津潔
本文フォーマット　佐々木暁
本文組版　KAWADE DTP WORKS
印刷・製本　中央精版印刷株式会社

Printed in Japan　ISBN978-4-309-41845-2

やさしいため息

青山七恵　41078-4

四年ぶりに再会した弟が綴るのは、嘘と事実が入り交じった私の観察日記。ベストセラー『ひとり日和』で芥川賞を受賞した著者が描く、ＯＬのやさしい孤独。磯﨑憲一郎氏との特別対談収録。

ひとり日和

青山七恵　41006-7

二十歳の知寿が居候することになったのは、七十一歳の吟子さんの家。奇妙な同居生活の中、知寿はキオスクで働き、恋をし、吟子さんの恋にあてられ、成長していく。選考委員絶賛の第百三十六回芥川賞受賞作！

窓の灯

青山七恵　40866-8

喫茶店で働く私の日課は、向かいの部屋の窓の中を覗くこと。そんな私はやがて夜の街を徘徊するようになり……。『ひとり日和』で芥川賞を受賞した著者のデビュー作／第四十二回文藝賞受賞作。書き下ろし短篇収録！

泣かない女はいない

長嶋有　40865-1

ごめんねといってはいけないと思った。「ごめんね」でも、いってしまった。――恋人・四郎と暮らす睦美に訪れた不意の心変わりとは？　恋をめぐる心のふしぎを描く話題作、待望の文庫化。「センスなし」併録。

ナチュラル・ウーマン

松浦理英子　40847-7

「私、あなたを抱きしめた時、生まれて初めて自分が女だと感じたの」――二人の女性の至純の愛と実験的な性を描いた異色の傑作が、待望の新装版で甦る。

カツラ美容室別室

山崎ナオコーラ　41044-9

こんな感じは、恋の始まりに似ている。しかし、きっと、実際は違う――カツラをかぶった店長・桂孝蔵の美容院で出会った、淳之介とエリの恋と友情、そして様々な人々の交流を描く、各紙誌絶賛の話題作。

人のセックスを笑うな

山崎ナオコーラ　40814-9

十九歳のオレと三十九歳のユリ。恋とも愛ともつかぬいとしさが、オレを駆り立てた——「思わず嫉妬したくなる程の才能」と選考委員に絶賛された、せつなさ百パーセントの恋愛小説。第四十一回文藝賞受賞作。映画化。

浮世でランチ

山崎ナオコーラ　40976-4

私と犬井は中学二年生。学校という世界に慣れない二人は、早く二十五歳の大人になりたいと願う。そして十一年後、私はＯＬになるのだが？　十四歳の私と二十五歳の私の“今”を鮮やかに描く、文藝賞受賞第一作。

ニキの屈辱

山崎ナオコーラ　41296-2

憧れの人気写真家ニキのアシスタントになったオレ。だが一歳下の傲慢な彼女に、公私ともに振り回されて……格差恋愛に揺れる二人を描く、『人のセックスを笑うな』以来の恋愛小説。西加奈子さん推薦！

フルタイムライフ

柴崎友香　40935-1

新人ＯＬ喜多川春子。なれない仕事に奮闘中の毎日。季節は移り、やがて周囲も変化し始める。昼休みに時々会う正吉が気になり出した春子の心にも、小さな変化が訪れて……新入社員の十ヶ月を描く傑作長篇。

きょうのできごと　増補新版

柴崎友香　41624-3

京都で開かれた引っ越し飲み会。そこに集まり、出会いすれ違う、男女のせつない一夜。芥川賞作家の名作・増補新版。行定勲監督で映画化された本篇に、映画から生まれた番外篇を加えた魅惑の一冊！

寝ても覚めても　増補新版

柴崎友香　41618-2

消えた恋人に生き写しの男に出会い恋に落ちた朝子だが……運命の恋を描く野間文芸新人賞受賞作。芥川賞作家の代表長篇が濱口竜介監督・東出昌大主演で映画化。マンガとコラボした書き下ろし番外篇を増補。

また会う日まで

柴崎友香　41041-8

好きなのになぜか会えない人がいる……ＯＬ有麻は二十五歳。あの修学旅行の夜、鳴海くんとの間に流れた特別な感情を、会って確かめたいと突然思いたつ。有麻のせつない一週間の休暇を描く話題作！

異性

角田光代／穂村弘　41326-6

好きだから許せる？　好きだけど許せない⁉　男と女は互いにひかれあいながら、どうしてわかりあえないのか。カクちゃん＆ほむほむが、男と女についてとことん考えた、恋愛考察エッセイ。

ぼくとネモ号と彼女たち

角田光代　40780-7

中古で買った愛車「ネモ号」に乗って、当てもなく道を走るぼく。とりあえず、遠くへ行きたい。行き先は、乗せた女しだい——直木賞作家による青春ロード・ノベル。

あられもない祈り

島本理生　41228-3

〈あなた〉と〈私〉……名前すら必要としない二人の、密室のような恋——幼い頃から自分を大事にできなかった主人公が、恋を通して知った生きるための欲望。西加奈子さん絶賛他話題騒然、至上の恋愛小説。

あなたを奪うの。

窪美澄／千早茜／彩瀬まる／花房観音／宮木あや子　41515-4

絶対にあの人がほしい。何をしても、何が起きても——。今もっとも注目される女性作家・窪美澄、千早茜、彩瀬まる、花房観音、宮木あや子の五人が「略奪愛」をテーマに紡いだ、書き下ろし恋愛小説集。

すみなれたからだで

窪美澄　41759-2

父が、男が、女が、猫が突然、姿を消した。けれど、本当にいなくなってしまったのは「私」なのではないか……。生きることの痛みと輝きを凝視する珠玉の短篇集に新たな作品を加え、待望の文庫化。

水曜の朝、午前三時

蓮見圭一　41574-1

「有り得たかもしれないもう一つの人生、そのことを考えない日はなかった……」叶わなかった恋を描く、究極の大人のラブストーリー。恋の痛みと人生の重み。涙を誘った大ベストセラー待望の復刊。

彼女の人生は間違いじゃない

廣木隆一　41544-4

震災後、恋人とうまく付き合えない市役所職員のみゆき。彼女は週末、上京してデリヘルを始める……福島－東京の往還がもたらす、哀しみから光への軌跡。廣木監督が自身の初小説を映画化！

ふる

西加奈子　41412-6

池井戸花しす、二八歳。職業はＡＶのモザイクがけ。誰にも嫌われない「癒し」の存在であることに、こっそり全力をそそぐ毎日。だがそんな彼女に訪れる変化とは。日常の奇跡を祝福する「いのち」の物語。

さだめ

藤沢周　40779-1

ＡＶのスカウトマン・寺崎が出会った女性、佑子。正気と狂気の狭間で揺れ動く彼女に次第に惹かれていく寺崎を待ち受ける「さだめ」とは……。芥川賞作家が描いた切なくも一途な恋愛小説の傑作。

ドレス

藤野可織　41745-5

美しい骨格標本、コートの下の甲冑……ミステリアスなモチーフと不穏なムードで描かれる、女性にまといつく“決めつけ”や“締めつけ”との静かなるバトル。わかりあえなさの先を指し示す格別の８短編。

火口のふたり

白石一文　41375-4

私、賢ちゃんの身体をしょっちゅう思い出してたよ――挙式を控えながら、どうしても忘れられない従兄賢治と一夜を過ごした直子。出口のない男女の行きつく先は？　不確実な世界の極限の愛を描く恋愛小説。

不思議の国の男子

羽田圭介　41074-6

年上の彼女を追いかけて、おれは恋の穴に落っこちた……高一の遠藤と高三の彼女のゆがんだＳＳ関係の行方は？　恋もギターもＳＥＸも、ぜーんぶ“エアー”な男子の純愛を描く、各紙誌絶賛の青春小説！

隠し事

羽田圭介　41437-9

すべての女は男の携帯を見ている。男は…女の携帯を覗いてはいけない！　盗み見から生まれた小さな疑いが、さらなる疑いを呼んで行く。話題の芥川賞作家による、家庭内ストーキング小説。

親指Pの修業時代　上

松浦理英子　40792-0

無邪気で平凡な女子大生、一実。眠りから目覚めると彼女の右足の親指はペニスになっていた。驚くべき奇想とユーモラスな語り口でベストセラーとなった衝撃の作品が待望の新装版に！

親指Pの修業時代　下

松浦理英子　40793-7

性的に特殊な事情を持つ人々が集まる見せ物一座“フラワー・ショー”に参加した一実。果して親指Ｐの行く末は？　文学とセクシャリティの関係を変えた決定的名作が待望の新装版に！

ミューズ／コーリング

赤坂真理　41208-5

歯科医の手の匂いに魅かれ恋に落ちた女子高生を描く野間文芸新人賞受賞作「ミューズ」と、自傷に迫る「コーリング」――『東京プリズン』の著者の代表作二作をベスト・カップリング！

ヴォイセズ／ヴァニーユ／太陽の涙

赤坂真理　41214-6

航空管制官の女と盲目の男――究極の「身体（カラダ）の関係」を描く「ヴォイセズ」、原発事故前に書かれた予言的衝撃作「太陽の涙」、名篇「ヴァニーユ」。『東京プリズン』著者の代表作を一冊に。